맛보다 이야기

■ 이 도서의 국립중앙도서관 출판시도서목록(CIP)은
서지정보유통지원시스템 홈페이지(http://seoji.nl.go.kr)와
국가자료공동목록시스템(http://www.nl.go.kr/kolisnet)에서 이용하실 수 있습니다.
(CIP제어번호: CIP2013006293)

맛보다 이야기

나카가와 히데코 · 선현경

마음산책

맛
보
다
이
야
기

1판 1쇄 인쇄 2013년 5월 20일
1판 1쇄 발행 2013년 5월 25일

지은이 | 나카가와 히데코 · 선현경
펴낸이 | 정은숙
펴낸곳 | 마음산책

편집 | 심재경 · 이승학 · 정인혜   디자인 | 정은화 · 이혜진
마케팅 | 권혁준   경영지원 | 이현경

등록 | 2000년 7월 28일(제13-653호)
주소 | 서울시 마포구 서교동 395-114 (우 121-840)
전화 | 대표 362-1452 편집 362-1451   팩스 | 362-1455
홈페이지 | http://www.maumsan.com
블로그 | maumsanchaek.blog.me
트위터 | http://twitter.com/maumsanchaek
페이스북 | http://www.facebook.com/maumsanchaek
전자우편 | maum@maumsan.com

ISBN 978-89-6090-161-2 03810

* 책값은 뒤표지에 있습니다.

요리가 있는 곳에
사람들이 모이고 문화가 탄생한다.
그리고 그 시작은
이 한마디와 함께한다.
"먼저, 건배!"

가르치며 배우는 맛

아침 열 시 반. '이제 다들 올 시간인데……' 시계를 확인하며 그날 있을 요리 교실을 준비하다 보면, 딩동, 하고 초인종이 울린다. 오늘도 하나둘씩 이 층에 있는 우리 집 현관을 향해 올라오는 학생들. 요리 교실의 수업은 어떤 반이든 전부 한 달에 한 번씩이다. 한 달 만에 만나는 학생들의 모습을 보면 수업 준비를 하며 느꼈던 가벼운 긴장감이 풀린다.

연희동에 이사 온 뒤 시작한 요리 교실이 햇수로 벌써 육 년째다. 친정엄마는 어릴 적 내게 이따금씩, "'복숭아나무, 밤나무 삼 년, 감나무 팔 년'씨앗을 뿌리면 싹이 날 때까지 복숭아나무와 밤나무는 삼 년, 감나무는 팔 년의 시간이 필요하다는 뜻이란 속담이 있단다. 어떤 일이든 끈기 있게 오래 하는 게 중요한 거야" 하고 말씀하셨다. 그런데 사회에 나와보니, "복숭아나무, 밤나무 삼 년, 감나무 팔 년" 정도로는 어떤 일에 통달하기에 어림없다는 사실을 실감했다. 나는 무슨 일이든 십 년은 계속해야 통달할 수 있다고 믿는데, 아직 요리 교실을 시작한 지 육 년밖에 되지 않았다. 매일같이 이어지는 요리 교실 속에서 요리를 가르칠 때보다, 요리를 가르치며 '배울' 때가 더 많다.

재작년에 낸 책『셰프의 딸』을 쓸 때에는, 신문이나 잡지 기사를 쓴 적은 있지만 책을 내는 일은 처음이어서 무아지경으로 원고를 써 내려갔다. 어떤 식으로 쓰면 재미있을지, 독자와 편집자는 어떻게 느낄지에 대해서는 전혀 생각하지 않은 채 오로지 쓰고 또 썼다. 때마침 인생의 전환점에 서 있던 나는 과거를 회상하고, 반성하고, 미래를 생각하는 작업으로 원고를 썼던 것이다.

하지만 두 번째 책인 이 산문집은 그렇게 쓸 수 없었다. 요리 교실을 통해 만나온 많은 사람들의 각기 다른 삶의 방식과 음식에 대한 철학을 알게 되었다. 거기에 감탄하고 감동하여 그들의 생각을 문장으로 표현하고 싶은 욕구가 강해졌다. 그리고 어쨌든, 쓰기 시작했다. 타인의 삶을 글로 표현하는 어려움에 직면했기 때문인지, 두 번째이니 좀 더 잘 써야 한다는 중압감을 나름대로 느껴서인지 '책'을 쓴다는 창작의 고통을 맛보았다.

『셰프의 딸』출간으로 생각지도 못한 새로운 만남이 여러 차례 있었다. 책을 통해 나를 알게 된 독자가 요리 교실 학생이 되어 함께 음식을 만들어 먹기도 했다. 신기한 일이다. "여기는 왠지 요리 교실이라기보다 요리 공작소 같아요" 하는 평을 듣는 구르메 레브쿠헨이기에 이루어진 만남이다. 앞으로도 내가 만든 요리를 통해 행복을 느끼는 학생들의 기분을 소중히 여기고 싶다. 자신을 위해서, 누군가를 위해서, 맛있는 음식을 만든다. 요리하는 행복이 점점 퍼져나가는 기쁨. 행복은 이렇게 사슬처럼 이어진다.

이번 책의 일러스트레이터 선현경 작가를 비롯한 책 속 주인공들은 구르메 레브쿠헨에서 만난 사람들이다. 행복 사슬의 고리 하나하나가 되어준 이 학생들에게 감사의 인사를 전하고 싶다. 그리고 집에서 요리 교실을 하면서 원고도 써야 했던 나에게 기회를 준 남편, 요리 선생님인데도 좋아하는 반찬보다 손이 덜 가는 반찬 위주로 상을 차리는 엄마를 관대하게 이해해주는 아이들에게도 고마운 마음이다. 마지막으로, 한국에 산 지 스무 해에 가까운데도 문장을 표현할 때에는 여전히 누군가의 도움이 필요하다. 이번에도 『셰프의 딸』 집필을 통해 만난 이지수 씨의 도움을 많이 받았다. 다시 한 번 진심으로 고맙다는 말을 전한다.

아직도 부모님 앞에서 나는 '셰프의 딸'일 뿐, 셰프는 아니다. 최근 들어 두 분은 내게 "이제 겨우 요리 세미프로가 되었네" 하고 말씀하신다. '세미프로'라도 요리인은 요리인. 사람과 사람 사이의 고리를 요리로 엮을 수 있게 되기를 희망해본다.

2013년 5월
나카가와 히데코

용감함이 레시피

　모든 요리를 전화기 너머의 설명으로 배운 적이 있다. 그 당시엔 미역국을 끓이다 소방차가 출동한 일도 있다. 미역 불리는 과정을 생략하고 마른 미역을 볶다 생긴 뿌연 연기로 화재경보기가 울렸던 것이다. 미역 불리는 건 너무 당연해 말하지 않았다는 게 엄마의 증언이시다. 그만큼 요리엔 무지했다. 반찬을 몽땅 다 망쳐버려 밥에 포테이토칩을 얹어 먹기도 했다. 요리는 얻어먹거나, 사 먹으면 그만이라 생각하며 살았다.

　그런데 누군가를 위해 요리를 해야 할 시간들이 내게도 왔다. 아내가 되고 엄마가 된 것이다.

　요리는 할수록 먹을 안해졌다. 모자라긴 했지만 배울 생각은 없었다. 요리 책을 뒤져보기도 하고, 먹었던 요리의 맛을 더듬으며 혼자 만들어볼 뿐이었다.

　그림 그리는 일과 주부 생활을 동시에 하는 나는, 먹고 싶거나 근사한 요리는 사 먹고 살기로 했다.

　요리를 배우는 일은 어쩐지 너무 본격적인 느낌이었다.

　그러다 연희동 주택으로 이사를 오게 되었다. 작은 마당이 있어 몇 가지 채소와 허브를 가꾸기 시작하면서 문득, 요리가 배우고 싶어졌다.

　평상시 해오던 그런 요리가 아닌 뭔가 특별한 음식이 만들고 싶어졌다. 누군가에게 멋진 밥 한 끼 정도는 내 집에서 해주고 싶은 마음이 생겼다.

그런 마음을 먹었을 때, 연희동에서 요리 교실을 운영하신다는
히데코 선생님을 만났다. 이제 사 년째 요리 수업을 하고 있다.
다른 나라 요리를 배우면서 좋은 점은 요리에 용감해진다는
것이다. 쑥갓에 사과를 함께 무친다든지, 된장에 겨자를
넣고 소스를 만드는 일은 난 상상조차 못해보았다.

가지도 생으로 먹을 수 있고, 현미로 샐러드도 만들 수 있다.
새로운 세상이 마구 펼쳐지는 기분이었다.

요리를 배운 뒤부터는 두려움이 없어졌다.

아무런 예고 없이 손님들이 들이닥쳐도 뚝딱, 냉장고에 있는
것들로 선물 같은 식사를 대접할 힘이 생겼다.

능력자로 거듭 태어난 것이다.

"With great power comes great responsibility"

2013년 5월
선현경

맛있는 거~
맛있는 거~
제발 맛난 거~
배고파!
능력자
라면서~

중3인 딸

주로 집 안이
활동 무대인
만화가 남편

푸하하하!
능력자가 능력을
아무 때나 쓸
수는 없지!

오우~
노우!!

차례

어서 오세요, 요리 교실입니다

요리사의 진심

요리에는

사랑, 미움, 슬픔을 비롯한

모든 감정이

소금, 후추와 함께 섞여 있으니까.

상상했던 "요리 선생님"의 이미지

← 아줌마 파마
← 푸근한 인상
← 먹는 걸 좋아할
  풍성한 몸매
← 편안한 아줌마 복장
← 커다란 앞치마
← 슬리퍼

실제 히데코 요리 선생님

내가
진짜
요리선생
이에요~

← 도시적인 짧은 머리
← 귀여운 인상
← 먹는걸
  즐길 것같지 않은
  마른 몸매
← 레이어드를
  즐기는
  젊은 복장

짧은
앞치마

← 덧신

어서 오세요, 우리 교실입니다

구르메 레브쿠헨

이제는 서울 거리에서 흔히 볼 수 없는 단독주택과 낮은 빌라들이 아직 남아 있는 한적한 연희동. 우뚝 솟은 고층 건물과 세브란스병원, 나지막한 안산과 백련산에 둘러싸인 이곳은, 마치 요새로 둘러싸인 동화 속 마을 같다. 1990년대 연세대 유학 시절, 나는 연희동에서 하숙을 했다. 특별한 추억이 있는 장소라서 내가 연희동을 동화 속 마을처럼 느끼는지도 모른다. 연희동에 지나치게 애정을 쏟는 것 같다고 말하는 사람도 있지만, 아무튼 나는 연희동 한구석에 있는 우리 집에서 요리 교실 '구르메 레브쿠헨Gourmet Lebkuchen'을 운영하고 있다.

버스에서 내려 주택가로 통하는 오르막 골목을 부지런히 따라가면, 와인글라스와 당근을 손에 든 붉은 문어가 그려진 커다란 도자기 접시가 보인다. 바로 구르메 레브쿠헨의 간판이다. 요리 교실 학생이기도 한 도예가 안정윤 작가가 만든 접시에다 아들이 그림을 그려 완성했다. 이쯤 오면 늘 숨이 헉헉 차오른다. 여름에는 등이 땀으로 축축하게 젖어, 집에 오자마자 샤워부터 하지 않으면 아무것도 할 수 없다. 동화 속 마을 한구석은 이렇게 불편하지만 학생들은 길을 헤매가면서도 여기 구르메 레브쿠헨에 열심히 나온다. 뙤약볕이 내리쬐는 한여름, 기온이 영하로 내려가는 한겨울에도 학생들이 걸어서 와줄 때면 미안한 마음뿐이다.

작년 여름, 장마도 거의 끝난 무렵이었다. 해 질 녘, 서울 거리가 마비될 정도로 기록적인 장대비가 쏟아졌다. 마침 그날 저녁에는 퇴근 후 요리 교실로 오는 직장인 반의 첫 수업이 있었다. 행여 비 때문에 저녁 일곱 시 수업에 늦을세라 서둘러 온 학생들은 다행히 옷자락만 조금 젖었을 뿐이었다. 하지만 일곱 시를 훌쩍 넘긴 시간까지도 구르메 레브쿠헨의 초인종은 계속 울렸고, 비를 흠뻑 맞은 학생들이 하나둘씩 울상을 하고 주방에 들어섰다.

"선생님, 장화 속까지 흠뻑 젖었어요!"

"선생님, 강남에서 택시를 탔더니 두 시간이나 걸렸어요!"

나는 제자와 처음 만난 요리 선생님이 아니라 비에 흠뻑 젖어 돌아온 불쌍한 자식을 맞이한 엄마가 된 기분이었다.

우리 집은 걸어서 오기도 힘들지만, 자동차나 택시를 타고 오기는 더더욱 어렵다고들 한다. 우리 동네 지도가 머릿속에 들어있는 나로서는 '큰길 네 번째 신호에서 우회전, 직진하다 두 번째 골목에서 우회전'하면 되는데 왜 다들 길을 헤매는지 의아한 노릇이지만. 처음 오는 사람들 중에도 스마트폰으로 지도를 보면

맛보다 이야기

서 곧잘 찾아 걸어오는 사람도 있는데, 문제는 자동차다. 자동차를 몰고 처음 오는 학생들은 일단 주차로 고생을 한다. 아파트처럼 넓은 주차장이 없으니 우리 집 차고나 집 주변 길모퉁이에 차를 세워둬야 한다. 그런데 이웃에 사는 아저씨가 구르메 레브쿠헨에 무슨 원한이 있는지, 요리 교실 학생이 모퉁이 구석에 주차해놓을 때마다 소리를 지른다.

"우리 집 차가 좌회전 못하잖아!"

주차된 차가 우리 집에 온 차가 아닐 때는 그렇게 큰 소리로 성내지 않으면서, 요리 교실 학생 차라는 사실을 알고 나면 태도를 180도 바꾼다. 기회를 봐서 파에야쌀과 해산물, 고기 등을 함께 볶은 스페인 전통 요리라도 만들어 대접하면 좀 너그러워지지 않을까 생각한 적도 있다. 하지만 얼마 전부터 길모퉁이에 돌덩어리가 하나 덩그러니 놓여 있는 것이 아닌가. 필시 그 아저씨 짓일 거라고 짐작이 가는 한편으로 '언제 파에야를 대접할까' 하는 쓸데없는 스트레스에서 벗어나게 되어 홀가분했다.

주차 문제만이 아니다. 내비게이션을 지나치게 신뢰한 나머지 구르메 레브쿠헨 간판을 못 보고 지나쳐 연희동을 빙빙 돌다가 수업이 끝날 때까지 나타나지 않은 학생도 있었고, "선생님, 지금 집 앞이에요. 곧 갈게요!"라고 통화하고는 도착하는 데 삼십 분이나 걸린 학생도 있었다. 우리 집으로 이어지는 오르막길을 끝

까지 올라가면 연립 주택이 있고, 그 뒤편은 산비탈이다. 막다른 길인 셈이다. 이런 사실을 모른 채 구르메 레브쿠헨 간판을 지나쳐 오르막길을 끝까지 올라간 학생들도 많았다. 게다가 우리 집 부근부터는 오르막 경사도 급해져 동네 주민이 아니면 차로 쉽게 오르내리지 못한다. 견인차를 부르거나 주변을 지나가던 동네 주민에게 아래까지 운전 좀 해달라고 부탁한 적도 있다.

내킬 때마다 언제든 바비큐 파티를 열고 싶어서, 아파트 생활을 청산하고 자그마한 정원과 별이 빛나는 밤하늘이 보이는 옥상이 있는 연희동 집으로 이사 온 뒤 시작한 요리 교실. 수업 첫날은 지금도 잊을 수 없다. 일본어 강사 경력이 십오 년이나 되는 나였지만, 대학에서의 일본어 수업과 요리 수업은 사정이 달랐다. 학생들이 모두 내 친구들이었는데도 나는 지나치게 긴장한 나머지 설탕과 소금을 혼동하는 등 요리 선생님으로서 해서는 안 되는 실수를 하기도 했다. 그때의 레시피를 지금 다시 읽어보면, 헛웃음이 픽 나온다. 냄비, 접시, 볼 같은 조리 도구도 부족해서, 전문 요리 수업이 아니라 친구 집에서 함께 음식을 만드는 분위기였다.

연희동에서 하숙할 때도 나는 좁은 방이 미어터지도록 유학생과 한국인 친구 들을 초대해 맛있는 음식을 만들어주곤 했다. 결혼하고 나서는 남편과 맛집을 찾아다녔고, 레스토랑이나 외국에서 맛있는 요리를 먹으면 집에 돌아와서 똑같이 만들어보거나 누군가를 불러 대접하곤 했다. 생각해보면 누군가를 초대해 맛있는 요리를 만들어주는 일이 일상이었다. 다시 연희동에 돌아온 뒤, 나는 소원이던 바비큐 파티를 시작했다. 초대받은 손님들은 지인들도 함께 데려와 다 같이 바비큐와 다른 먹거리들을 준비하고, 주방에서 서로 소소한 이야기를 나누며 요리를 가르치고 배우기도 한다. 파티는 어느새 연례행사가 되었다.

매일매일 맛있는 요리를 먹고 싶다. 그렇다 보니 특별히 시간과 노력을 들인다는 의식도 없이 끊임없이 요리를 하게 된다. 그리고 구르메 레브쿠헨을 열면서 나는 요리를 업으로 삼은 '요리인'이 되었다. 세상의 맛있는 요리를 사람들과 나누고 싶고, 좋아하는 사람에게 맛있는 식사를 대접하고 싶은 감정이야말로 세상의 맛을 지탱하는 힘이라 믿으면서.

오늘도 구르메 레브쿠헨에서 풍기는 맛있는 냄새는 바람을 타고 연희동으로 흩어진다.

맛보다 이야기

요리 선생님은 먹보

무서워ㅅ

Milk

"요리 선생님들은 대부분 통통하던데, 선생님은 왜 **빼빼** 말랐어요?"

학생들로부터 종종 이런 질문을 받는다. 빼빼 말랐다는 건 좀 지나친 표현 같긴 하지만, 그렇게 보인다니 어쩔 수 없다. 사실 나는 먹기를 무척 좋아하는 먹보다. 요리가 직업인 사람이 먹보가 되는 건 당연한지도 모른다. 내가 아는 사람들 중 요리 관련 일을 하는 이들은 모두 먹는 것을 좋아하고 음식 욕심이 한도 끝도 없다.

학생들은 이런 질문도 한다.

"요리 수업 때마다 매번 저희랑 같이 드시잖아요. 똑같은 메뉴를 계속 드시면 질리지 않아요?"

만약 내가 학생인데, 선생님이 수업 끝나자마자 "자, 전 이만 실례할게요. 여러분은 천천히 드세요" 하고 말하며 주방을 정리한다면 신경이 쓰여서 맛있게 먹을 수 없을 것 같다.

요리 교실을 시작할 당시, 운영 방법이 고민돼 외국인이 운영하는 요리 교실 등 여러 곳을 견학하거나 참가해보았다. 선생님 혼자 요리하고 학생들에게는 완성된 요리만 맛보이는 풍경도 문화센터나 참가 인원이 많은 요리 교실에서 종종 볼 수 있었다. 내가 볼 때는 재미없는 수업이었다. 그럼 어떻게 할까. 결국 기본 준비만 대강 해놓은 상태에서 수업을 시작하고 내가 설명을 해가며 모두 함께 요리를 만들기로 했다. 그리고 요리가 완성되면 다 함께 먹고, 와인도 곁들여 건배하는 시식 시간을 만들었다. 시식 시간에는 그날 만든 요리 맛을 품평하기도 하는데, 메뉴에 따라 나오는 얘기도 달라진다. 그날의 요리가 파에야나 타파스스페인의 전채 요리라면 스페인 이야기가 나오고, 자연스레 주제가 여행으로 바뀌면서 대화는 더욱 풍성해진다.

'더는 먹기 싫어.'

요리 교실에서 계속 만드는 파에야 같은 메뉴도 이런 생각이 들 정도로 질린 적은 없다. 수업에 참여하는 학생에 따라, 식탁을 둘러싸고 나누는 대화 내용에 따라 같은 요리라도 맛이 달라진다. 어쨌든 먹보 선생님이니까 함께 먹는 수밖에 없다.

어느 날 두 아들과 이야기를 나누다가 작은아들이 말했다.

"형은 아이유 같은 여자랑 결혼하고 싶대."

갑자기 시어머니가 된 듯한 기분이 들었다.

"얼굴이나 스타일도 중요하지만, 엄마는 어떻게 생겼든 먹는 걸 좋아하는 여자 친구라면 좋겠어. 와인도 밥도 전부 맛있게 먹는 여자라면 좋겠다."

아이들은 아무 반응이 없었다. 아마도 엄마의 말뜻을 전혀 이해하지 못했을 것이다. 한창 잘 먹을 나이인 아이들은 눈앞의 음식만 볼 뿐, 함께 식탁에 앉은 사람들이 어떻게 먹는지는 안중에 없을 것이다. 하지만 분명 언젠가는 내 말의 의미를 알게 되겠지.

지금은 먹보인 나도, 어렸을 때부터 식성이 좋았던 것은 아니다. 빼빼 말랐다는 소리를 듣는 것은 어렸을 때 식사량이 적었기 때문인 것 같다. 엄마는 그런 딸에게 음식을 먹이려고 상당한 노력을 기울이셨다고 한다.

"조금만 과식해도 금방 설사하는 애였는데 크고 나니까 뭐든 잘 먹어서 건강해졌네."

지금은 마흔이 넘은 딸을 보며 종종 이렇게 감탄하신다.

초등학생 시절, 학교 급식에 반드시 우유가 딸려 나왔는데 그 우유를 마시지 않으면 집에 갈 수 없었다. 설상가상으로 여름에 후식으로 수박이 나오면 급식 후 이어지는 수업이 내게는 악몽 같았다. 수영 수업일 때는 더더욱 끔찍했다. 당시에는 우유병을 보기만 해도 설사를 할 것 같은 공포감을 느꼈다. 지금도 우유를 먹으면 배가 아프다. 하지만 엄마 말대로 나이를 점점 먹어가며 내 위장은 어릴 때보다 튼튼해졌다.

프랑스 요리 셰프인 아버지에게는 밤 열 시에 레스토랑 문을 닫고 집에서 홀로 늦은 저녁을 드시는 것이 일과였다. 레스토랑을 운영했던 작년까지는 당일 남은 음식 재료를 집에 조금 가지고 와서, 밤늦은 시간에 샐러드 같은 간단한 술안주를 만들어 혼자 저녁 반주를 즐기셨다. 매년 친정에 가면 아버지의 저녁 반주를 함께하는 것이 나의 작은 즐거움이었다. 그날 밤 마실 술을 골라놓고 아버지를 기다린다. 술이 약한 엄마도 가끔 한 잔 정도는 함께 마신다. 그리고 이런저런 잡담을 하는 새, 조용히 시간이 흘러간다.

어릴 때부터 그런 아버지의 모습을 보고 자라서인지, 나는 음식에 관계된 일을 하는 사람은 남들뿐만 아니라 자기 자신을 위해서도 요리를 하는, '먹는 즐거움'을 아는 사람일 거라고 믿는다. 끊임없이 새로운 요리 아이디어를 내고, 시행착오를 거치는 순간도 즐기고, "그래, 바로 이 맛이야!"라고 흥분하면서 순간적으로 떠오른 영감에 따라 요리를 만들며 쾌감도 느끼고. 또 그 요리를 다른 누군가에게 빨리 만들어주고 싶을 때 엄청나게 행복한 기분이 들고. 이 모든 게 '먹어보고 싶다'는, 먹보로서의 욕구가 있기에 가능하다.

"딸이 요리사가 되고 싶어하는데요, 요리사가 되려면 뭘 준비하면 되나요?"

지인들로부터 이런 질문을 받을 때가 많다.

"요리에는 감각이 중요해요."

케헤! 바로 이 맛이야~
담에는 겨자를 좀 넣어볼까나?

자기가 만든 요리를
황홀경에 빠져
먹는 요리 센세이

　감각이란 아무것도 모르는 어린 시절부터 부모도 의식하지 못하는 사이에 조금씩 길러지는 것. 맛있는 음식을 좋아하고 먹는 것이 즐거워서 견딜 수가 없는 분위기 속에서 자란다면, 요리에 필요한 감각이 자연스레 몸에 밸지도 모른다.

　이 세상에 힘들지 않은 직업은 없다. 전문적인 지식이 필요할 뿐만 아니라 체력적, 정신적으로도 중노동을 해야 하는 '요리'라는 일은 특히 마음속 깊은 곳에 '먹는 것'에 대한 열정이 없다면 계속해나가기 힘들다. 어중간한 마음가짐으로는 온도가 사십 도

가까이 올라가는 한여름의 주방에서 구슬땀을 흘려가며 최고의 맛을 만들어낼 수 없다. 세계를 돌아다니며 맛본 온갖 맛있는 음식, 그 맛있는 음식을 직접 만들고자 하는 일편단심이 지금의 먹보 히데코를 만들었다. 먹보인 나는, 먹보라서 요리라는 세계로 빠져들었고, 그래서 행복하다.

요리 선생님은 먹보

오감만족
파에야

"파에야에는 말로 표현할 수 없는 매력이 있어요."

요리 교실의 학생이자 이 책에 일러스트를 그린 선현경 작가가 한 말이다.

선현경 작가는 무슨 음식이든 뚝딱뚝딱 맛있게 만든다. 가끔 그녀의 집에 찾아가 주방에서 함께 차를 마시곤 하는데, 그때마다 국 냄비가 가스레인지 위에 놓여 있었다. 그녀는 원고 마감이 코앞으로 닥치거나 스트레스를 받을 때면 주방 서랍에서 구르메 레브쿠헨의 레시피를 꺼내 마음 가는 대로 요리를 만들어 가족과 먹는다고 한다. 나름의 스트레스 해소법인 모양이다. 요리 교실에 다니기 시작한 뒤로는 갑자기 손님이 찾아와도 냉장고에 있는 재료로 적당히 요리를 만들어 대접할 수 있게 되었다고 한다.

"만드는 양이 많을수록 요리가 맛있어져요. 함께 먹는 사람이 많아야 가능한 일이죠. 요리는 사랑이에요!"

요리 선생님인 나도 하루 세 끼를 꼬박꼬박 만들어야 하는 주부인지라, 솔직히 귀찮을 때가 있다. 하지만 선현경 작가의 주방에서 차를 마시며 요리로 이야기꽃을 피운 다음 집에 돌아오면, 나 역시 우리 가족을 위한 맛있는 요리를 고민하게 된다.

선현경 작가는 꽤 오래전에 파에야 레시피를 배웠지만 요즘도 종종 가족에게 만들어준다고 한다. 자주 파에야를 만드는 이유를 물으니, 가르친 나까지도 자랑스러운 기분이 드는 대답을 해주었다.

"파에야를 대접하면 사람들이 반드시 맛있다고들 해요. 특히 처음 파에야를 먹은 사람들한테 칭찬받으면 더 기뻐요. 보통 처음 먹는 음식이 입에 안 맞으면 엄청 실망하거나, 맛없다는 말은 못하고 애매한 표정만 짓잖아요? 하지만 파에야를 만들면 늘 칭찬을 해주니까 만드는 걸 즐기게 돼요."

철제 손잡이가 양쪽에 달린, 바닥이 넓고 깊이가 얕은 철제 냄비를 뜻하는 말, 파에야. 쌀, 양파, 마늘, 토마토, 올리브유, 소금, 후추, 사프란을 파에야 냄비에 넣어 조리하면 스페인의 쌀 요리, 파에야가 완성된다. 물론 파에야를 만들 때도 지켜야 할 레시피가 있다. 딱히 정해놓은 건 아니지만, 새로운 반이 생기면 나는 첫 수업으로 이 매력적인 요리 파에야를 가르친다. 요리 초보자에게는 조금 어려운 레시피이긴 해도, 파에야의 향기와 맛을 학생들과 함께 체험하고 나서야 수업이 진짜 시작되는 기분이 든다.

파에야의 '말로 표현할 수 없는 매력'이란 무엇일까. 홍합, 오징어, 셀러리, 피망, 버섯, 파프리카, 완두콩, 그리고 구할 수 있다면

사프란. 여기에 쌀만 있으면, 파에야 요리 가운데 스페인에 가면 반드시 한 번은 먹게 된다는 파에야 믹스타^{paella mixta}의 재료가 모두 갖춰진다. 뜨거운 파에야 냄비에 고기와 새우를 넣고 "슈 슈" 소리가 날 때까지 표면을 노릇노릇 익힌 뒤 양파, 마늘 등의 채소를 차례로 넣는다. 뜨거운 열기와 함께 퍼지는 향긋한 냄새, 혀에서 느껴지는 스페인이라는 나라. 학생들 가운데는 새우 알 레르기가 있는 사람, 원래 조개를 싫어하는 사람, 채식주의자 등 파에야에 들어가는 재료를 못 먹는 사람들이 제법 있다. 하지만 파에야 냄비 바닥에는 각종 채소를 넣은 볶음밥이 남아 있어서, 결국 모두가 나름대로 만족하며 접시를 비우게 된다. 조리 과정 부터 함께 먹는 식사 시간에 이르기까지, 그야말로 오감을 만족 시키는 요리가 바로 파에야다.

지금까지 수십, 아니 수백 번은 되풀이한 듯한 파에야 수업. 스페인에서 짊어지고 온 직경 사십 센티미터의 십 인분용 파에 야 냄비가 가스레인지 위에 등장하면, 학생들은 모두 입을 모아 어디서 구했냐고 웅성거린다. 자신들의 집 주방에 있는 유명 상 표의 두꺼운 스테인리스 냄비가 질은 훨씬 좋을 텐데도, 바닥이 얇고 빨간 손잡이가 달린 동그란 파에야 냄비에 '말로 표현할 수 없는' 매력을 느끼는 것 같다.

비슷한 모양의 파에야 냄비를 손에 넣기가 한국에서는 그리

쉽지 않은 모양이다. 다른 요리 선생님이라면 냄비 회사나 대리점과 계약을 맺는 등의 조치를 취할 수도 있겠지만, 나는 그런 재주가 없어 "집에 있는 프라이팬으로도 충분히 만들 수 있어요"라고 말해줄 뿐이다. 그런데도 어떻게든 해서 빨간 손잡이의 파에야 냄비를 손에 넣은 실력자도 있었고, 연연하지 않고 닭갈비용 냄비를 산 사람도 있었다. 선현경 작가는 파에야를 배울 무렵, 백화점에서 일하는 지인을 통해 파에야 냄비를 단체 주문할 수 있다는 사실을 알아냈다. 그래서 수업 중에 "파에야 냄비 필요한 사람 있나요?" 하고 물어보기도 했다. 하지만 낡은 프라이팬으로도 훌륭한 파에야를 만들 수 있기에, 실제로 사지는 않았다. 아무려면 어떠랴. 요리를 할 때 가장 중요한 것은 자기 나름의 응용력이다. 파에야 냄비가 없어도 맛있는 파에야를 만들 수 있다.

다음 수업에는 오징어 먹물을 넣는 새까만 파에야를 만들어야겠다. 실로 다양한 파에야 요리. 학생들은 분명 오징어 먹물로 거뭇거뭇해진 입을 우물거리며 말하겠지. "맛있어요!"

오감만족 파에야

삼십 대의 수다 교실

구르메 레브쿠헨에는 결혼을 하지 않은 삼십 대 여성들이 많다. 결혼을 하고 싶긴 하지만 이제 막 궤도에 오른 일에 좀 더 집중하고 싶은 삼십 대, 혼담이 오가는 남자 친구는 있지만 아직은 결혼을 원치 않는 삼십 대, 결혼 상대를 지나치게 까다롭게 고르는 바람에 좀처럼 상대방과 진전이 되지 않는 삼십 대, 일부러 결혼 이야기를 피하는 삼십 대……. 실로 다양하다. 대학생 때부터 결혼에 대한 꿈을 품었던 나는, 각자 혼자서 준비하는 삼십 대 인생을 새로운 눈으로 보게 된다.

회사 일이나 학업에 매진하는 삼십 대 초반, 사십 대를 눈앞에 두고 앞으로 인생을 어떻게 꾸려갈지 고민하기 시작하는 삼십 대 후반. 한 달에 한 번, 토요일이나 평일 밤에 열리는 요리 수업에는 이런 삼십 대 직장 여성들이 몰려 있다. 같은 또래 학생들이라 언제나 이야깃거리가 풍성하고, 한 달에 딱 한 번밖에 못 만나는 사이이기에 가끔은 수업에 지장이 될 정도로 이야기꽃이 핀다.

일본에는 '젓가락만 굴러가도 우스운 나이'라는 표현이 있다. 고등학교를 졸업한 열여덟 살 봄, 나는 이 말을 남들에게 자

삼십 대의 수다 교실

주 들었다. 그래서 이 표현에 해당하는 나이는 열여덟 살부터 스무 살까지라고 생각했는데, 구르메 레브쿠헨에 오는 삼십 대들은 '젓가락만 굴러가도 우스운 나이' 중에서도 한창때라 해도 무색하지 않을 정도로 즐거워 보인다.

삼십 대가 눈앞에 다가왔을 때, 나는 자유롭게 마음 가는 대로 살면서도 한편으로는 외로워서 견딜 수가 없었다.

"여자는 아내, 엄마의 역할을 완벽하게 해낸 후에야 커리어우먼이 될 수 있단다."

이런 엄마의 말씀을 어릴 적부터 듣고 자란 탓인지, 신문기자가 될까, 유엔에 들어갈까 하며 의욕에 불탔던 대학생 시절에도 나는 결혼하고 싶다는 생각이 또래 친구들보다 강했다. 게다가 철이 들고 난 후로는 무리 지어 다니는 것을 싫어하게 되었다. 속으로는 혼자 가방을 메고 유럽 여행을 떠날 용기는커녕, 낯선 나라에서 혼자 밥을 먹거나 며칠 동안 혼자 지내는 것조차 무서워하면서 말이다. 무리 지어 다니는 것은 싫었지만 언제나 누가 곁에 있어주었으면, 그 '누구'가 내가 좋아하는 사람이었으면 하고 바랐다. 외로움을 잘 타는 성격 탓이었는데, 남편을 만나고 나서야 그런 내 성향을 깨달았다. 그전에 만난 남자 친구들은 모두들 "히데코는 왜 그렇게 외로워하는지 잘 모르겠어"라며 멀어져갔다. 겉보기에는 기가 세고 긍정적인 여자였기에 실연도 꽤 많이

당했다.

　나의 삼십 대는 결혼과 육아로 시작되었다. 앞서 말한 구르메 레브쿠헨의 삼십 대들과는 전혀 다른 길로 접어들었던 셈이다.

　'만약 내가 결혼하지 않고 삼십 대를 맞았다면 어떻게 살았을까?'

　여동생이라고 하기에는 나와 나이 차가 많이 나는 그녀들을 보고 있자면 이런 생각이 든다. 가끔 나이를 잊은 채 학생들의 대화에 섞여 함께 시간을 보낼 때면 진심으로 즐겁다.

　어느 날 저녁, 수업을 마치고 시식을 끝낸 뒤 모두 함께 뒷정리를 하고 있을 때였다. 내가 물었다.

"오늘내일 결혼할 것도 아니고 대부분 부모님이랑 같이 살죠? 엄마가 밥도 해주시고요. 게다가 각자 전문 분야도 따로 있고 요리를 직업으로 삼으려는 것도 아닌데, 서울에서도 이렇게 교통이 불편한 요리 교실까지 왜 오는 거예요?"

"음, 모르는 요리를 배워서 만들어보고 싶은 마음에서 아닐까요? 다녀보니 선생님도 재미있는 분이고요. 이 요리 교실에서 다 같이 요리를 만들고, 먹고, 시간을 보내는 게 행복해요."

일러스트레이터 레리시의 대답이다. 그녀는 연희동에서 전철이나 버스를 갈아타고, 가는 데 한 시간 반은 족히 걸리는 교외에 살고 있다. 레리시가 속한 반 수업은 저녁 일곱 시에 시작해아홉 시가 지나서야 저녁을 먹는다. 와인을 마시며 수다를 떨다 보면 눈 깜짝할 새 밤 열한 시 반이 된다. 그래서 그녀는 언제나시간에 신경을 곤두세우고 있다가 자정 전에 서둘러 연희동을 빠져나간다. 집에 도착하면 새벽 한 시 반이 넘을 텐데, 밤길에괜찮을까? 언제나 걱정이 된다.

사과 한 알을 통째로 넣어 굽는 독일식 케이크 아펠쿠헨을 만든 날, 레리시는 한 조각 남은 아펠쿠헨을 소중히 싸서 "내일 아침밥 대신 커피랑 같이 먹어야지" 하며 집으로 들고 갔다. 가족들이 모두 잠든 한밤중에 집에 도착한 그녀는 아펠쿠헨을 냉장고에 넣어두고 잠들었는데, 다음 날 일어나보니 딸보다 일찍 일어난 엄마가 아펠쿠헨을 맛있게 먹고 있었다고 한다. 아버지를 따라 파리에서 산 적 있는 레리시는 어릴 적 서양 요리의 맛에 익숙해진 덕분인지 구르메 레브쿠헨의 맛에 거부감이 없다. 일본요리, 스페인 요리, 프랑스 요리 등 그 어떤 나라의 요리도 행복에 겨운 표정으로 맛있게 먹는다. 그런 레리시의 엄마가 요리 교실의 아펠쿠헨을 "진짜 맛있다"라며 인정해주셨다. 그 뒤로 레리시는 요리 교실에서 남은 음식을 깨끗하게 싸서 집에서 기다리는 엄마께 가져간다. 엄마를 생각하는 딸의 작은 배려. 생각해보면 스물한 살 때부터 일본에 있는 엄마 품을 떠나 살아온 나는 레리시처럼 효도를 한 적이 없다. 문득 후회가 가슴 가득 차오른다.

최근, 토요일에 열리는 수업이 일시 중단되었다. 그 반을 만든 학생이자 바리스타인 배 선생님이 아이를 낳아 요리 교실에 더 이상 못 오게 되었기 때문이다. 그럭저럭 삼 년 가까이 배운 반인데, 이 반 학생들은 토요일 아침에 레리시네 집보다도 먼 곳에서 요리 교실로 모여드는 싱글들이다. 동시에 그녀들은 유일한 기혼자 배 선생님이 가르치는 바리스타 학교의 학생들이기도 하다.

바리스타 자격증을 따서 언젠가는 카페를 내고 싶다는 꿈을 가진 그녀들. 그래서 먹는 것에 남들보다 훨씬 흥미를 가지고 있다. 처음에는 카페에서 내놓을 후식 메뉴를 배우려는 목적이었지만, 한 달에 한 번 요리 교실에 다니며 요리 담는 법, 색 배합,

삼십 대의 수다 교실

요리에 어울리는 테이블 코디네이션의 중요성을 배우는 사이 '식食'의 한층 깊은 부분을 알게 되었다고 한다. 맛있는 음식을 만들어 먹으면 물론 만든 자신도 행복하지만, 요리를 먹는 상대방이 기뻐해줄 때 느끼는 행복은 그 무엇과도 바꿀 수 없다는 것 말이다.

같은 반에 표정도 딱딱하고 무엇을 물어봐도 형식적인 대답만 하는 학생이 있었다. 수학 선생님이라는 그녀, 혜선도 삼십 대였을 것이다. 나이도 물어보면 안 될 것처럼 마음에 벽을 치고 있었다. 독실한 가톨릭 신자이기도 했던 그녀는 요리 교실에 다닌 지 이 년째 되던 봄, 다니던 고등학교를 휴직하고 두 달 동안 스페인의 산티아고 순례 길에 다녀왔다. 몇 달만에 구르메 레브쿠헨에서 다시 혜선을 만났을 때, 나는 깜짝 놀랐다. '아마 예전의 혜선 씨와는 많이 다르겠지' 하고 예상은 했지만, 깜짝 놀랄 정도로 많이 변한 모습이었다. 그녀와 타인 사이에 서 있던 벽이 없어져, 아주 자연스럽고 편안해 보였다.

"음식이 있으면 그것만으로 여러 사람들이 모여요. 마치 음식이 인간관계에서 가장 중요한 요소인 것처럼요. 요리는 문화와 같아요."

다른 누구도 아닌 혜선의 입에서 이런 말이 나오다니, 감격스러웠다. 그렇다. 식탁에 둘러앉아 함께 만든 요리를 먹으며 이런

저런 수다를 떨다 보면 자신도 모르게 속마음이 튀어나올 때가 있다. 또 말하지 않아도, 맛있는 음식을 함께 먹고 있으면 어쩐지 상대방의 기분이 전해지는 것 같다.

저마다 다양한 마음을 품고 한 달에 한 번 요리 교실에 오는 그녀들. 아름답게 자기만의 빛을 내며, 오늘도 식탁에 앉는다.

미식가의 요리 분투기

요리를 하면 스트레스가 해소되기는커녕 쓸데없는 스트레스가 더 쌓인다고 투덜대는 사람이 있다. 내 친구 유미 언니. 속마음까지 터놓을 수 있는, 한국에서는 몇 안 되는 일본인 친구다. 한국에서 산 지 나만큼이나 오래되었지만 지금도 영어로 의사소통을 하는 유미 언니는, 한편으로는 나는 오랫동안 노력했음에도 잘 못하는 테니스나 골프에 능숙하다. 남동생밖에 없는 나는 '언니'라고 부를 수 있는 멋진 상대가 생겨서 기뻤다. 하지만 처음 만났을 때 유미 언니는 쓸쓸한 얼굴을 하고 있었다. 그 표정이 무척 마음에 걸렸다.

칠 년 전 어느 날, 베트남 요리를 배우는 지인에게서 전화를 받았다.

"학생 수가 부족한데, 좀 와줄래?"

나는 베트남 요리를 가르치는 베트남 사람인 수 선생님 집을 찾아 이태원의 말쑥한 주택가로 향했다. 그날 베트남 요리 수업 메뉴는 생춘권과 달콤한 하노이풍 돼지고기 볶음이었다. 베트남 요리를 아주 좋아하는 나는 지금도 그날을 생생하게 기억한다. 가끔 그때 배운 레시피로 정통 베트남식 생춘권 재료를 준비하고, 새우, 부추, 고수 잎을 라이스페이퍼로 돌돌 말고 있으면 유미 언니의 쓸쓸한 표정이 떠오른다. 바로 그 수업에서 유미 언니와 처음 만났던 것이다.

그 후로도 나는 유미 언니와 같은 반에서 수 선생님에게 베트남 요리를 열 번 정도 더 배웠다. 베트남 요리를 배우고, 서울타워가 정면으로 보이는 주방에서 수 선생님과 함께 테이블에 둘러앉아 완성된 요리를 나눠 먹었다. 화기애애한 분위기에 그만 긴장이 풀려 나는 이런 얘기를 하고 말았다.

"한국에 오기 전에는 스페인 바르셀로나에서 살았어요. 거기서 요리도 배우고……. 아버지가 프랑스 요리 셰프였어요."

그뿐만 아니라 나는 수 선생님처럼 나만의 요리를 언젠가 모두에게 가르쳐주고 싶다는 마음속 바람까지 그만 다 털어놓았다. 딱히 비밀도 아니었지만, 머릿속에서만 그려본 일을 요리 선생님과 요리 교실 학생들 앞에서 털어놓다니 약간 부끄러웠다. 그런데 누구에게나 언니 같은 존재였던 유미 언니가 그 자리에서 말했다.

"자, 그럼 다음 요리 교실은 히데코 씨 주방에서 해요. 메뉴는 해물 파에야로 결정!"

언니의 이 한마디로 구르메 레브쿠헨이 시작되었다고 해도 과언이 아니다.

유미 언니는 재일 교포 남편과 일본에서 결혼한 뒤 서울에서 살고 있다. 요코하마 국제학교를 졸업한 두 사람은 전 세계에 퍼져 있는 학교 친구들을 방문하러 일 년에 몇 번씩이나 해외여행을 떠나 모두의 부러움을 사곤 한다. 각국 유명 레스토랑과 셰프 이름을 줄줄 외우는 미식가 부부이기도 하다. 싱가포르 레스토랑의 북경 오리, 홍콩 국수 전문점의 내장 죽과 새우 완탕면, 하와이의 BLT 스테이크, 말레이시아 골프 클럽 하우스의 하이난 치킨……. 듣다 보면, "굉장한걸!" 하고 감탄하게 된다.

미식가이긴 하지만, 유미 언니는 어렸을 때부터 요리 솜씨가 없었다. 자타가 공인하는 미식가 남편과 결혼한 뒤로는, 요즘도 종종 "오늘 저녁 어쩌지?" 하며 걱정한다. 남편을 위해 결혼 전부터 타이 요리, 이탈리아 요리, 프랑스 요리, 중국요리, 일본요리 등 안 배운 요리가 없다고 한다. 한국에 와서도 나와 함께 베트남 요리를 배웠고 사 년 가까이 구르메 레브쿠헨 요리 교실에 나오고 있다. 그렇게 공부에 공부를 거듭하며 지나치게 노력한 나머지, 언니는 요리 자체에 부담을 느끼게 된 것 같았다. 가뜩이나 잘 못하는 요리인데.

평소에는 전화보다 문자로 연락하길 좋아하는 유미 언니도 가끔 요리 순서나 재료 구입에 대해 물을 때는 급히 전화를 걸어온다.

"레시피에 '소금은 적당히'라고 적혀 있는데 어느 정도가 적당한 거야?"

"십 분 정도 가열하라고 하는데, 십 분이 지나도 부드러워지질 않네⋯⋯."

세상의 맛있는 음식이란 음식을 모두 먹어보았고, 세상의 요리란 요리는 모두 배웠지만 언니는 요리의 요점을 모른다. 아니, 혀나 머리로 충분히 알고 있는데도 그것을 실천할 용기를 내지 않는다고 해야 할까?

어느 날 지하철에서 꾸벅꾸벅 졸고 있는데, 휴대전화가 울렸다. 유미 언니였다. 시계를 보니 오전 열한 시. 벌써 요리를 하나, 의아해하며 전화를 받았다.

"히데코, 히데코!"

전화기 너머로 소란스레 북적거리는 소리가 들렸다.

"무슨 일이야? 지금 어디야?"

"아, 마트에 왔어. 저녁에 남편한테 타라나베를 해주려고. 생선 코너 앞인데, 타라가 한국어로 뭐였지?"

"언니, 타라는 대구야, 대구!"

전화기 너머로 언니가 생선 코너 아저씨에게 대구 있냐고 물어보는 소리가 들려온다.

"히데코, 대구 없대. 어떡하지?"

미리 생각해둔 재료가 없으면 언니는 한층 당황한다.

"그럼 생태나 우럭이 있는지 물어봐."

"아아, 잘 모르겠어. 히데코가 아저씨랑 좀 얘기해줘."

전화기 너머의 목소리가 아저씨로 바뀌었다. 나도 덩달아 애가 타 목소리가 높아진다.

"여보세요. 저, 대구가 없으면 생태나 우럭 있어요?"

신선한 것이 있다고 한다. 내 멋대로 우럭을 주문했다. 탕을 할 거니까 토막을 쳐달라고 덧붙인 후 언니를 바꿔달라고 했다.

"우럭이라는 무섭게 생긴 검은 생선으로 달라고 했어. 일본어로는 뭐라고 하는지 모르겠는데, 살이 하얗고 기름이 올라 맛있는 생선이야. 오늘 저녁 탕 요리, 성공하길!"

아이고 맙소사, 전화를 끊고는 한숨을 쉬며 주변을 둘러보았다. 나 지금 지하철 타고 있었지. 기분 탓도 있겠지만, 비교적 한산한 지하철 안 승객들의 시선이 전부 나를 향한 느낌이었다. 엔진 소음과 크게 통화하는 소리도 들렸지만 그 가운데서도 내 목소리는 잘 들렸겠지 생각하니 얼굴을 들 수가 없었다.

'지하철에서 생선 가게 아저씨랑 통화하는 사람은 세상 어디에도 없겠지. 아저씨한테 조개랑 멍게도 달라고 할 걸 그랬네. 대구가 아니어도 괜찮을까……'

나는 이런저런 생각을 하면서 자는 척했다.

구르메 레브쿠헨에서 유미 언니와 함께 처음 해물 파에야를 배운 학생들 중 지금까지 나오는 학생은 언니 말고는 아무도 없다. 언니는 일본인 친구들이 연달아 일본으로 귀국해버리자 한국인 친구들을 하나둘 데리고 오더니 결국 반에서 유일한 일본인 학생으로 남았다.

유미 언니는 한국에 와 한국어를 갓 배우기 시작했을 때 길거리에서 누군가로부터 "뭐야, 저 쪽발이는……" 하는 말을 들은 이후, 한국어 공부를 그만두었다고 한다. 나 역시 한국에서 한국어를 배울 때, 언니처럼 "쪽발이, 일본놈" 소리를 듣곤 했다. 반일 감정이 지금보다 강한 때였다. 나는 그럴 때마다 오기가 나서 "쳇, 기필코 한국어를 배우고 말 테다"하며 분통을 터트렸는데, 유미 언니는 이런 나보다 더 섬세한 사람이다.

하지만 요리 수업 시간에는 한국어를 쓸 수밖에 없다. 일본인이 유미 언니밖에 없으니까. 레시피도 한국어로 통일해 적는다. 요리에 따라서 일본어 레시피가 있을 때도 있고, 언니를 위해 일본어로 적어줄 때도 있지만 보통은 한국어 레시피를 준다. "한국어 공부해!" 하고 반 농담을 건네면서. 한국어로 진행되는 수업이지만, 언니는 이해하며 따라와주고 가끔 이해가 안 되면 일본어로 묻곤 한다. 요리 실습이 끝난 후 테이블에 다 같이 둘러앉아 시식을 할 때는 한국어, 영어, 일본어가 섞이고, 유미 언니의 입가에도 미소가 번진다. 언어는 달라도 요리를 대하는 마음은 모두 똑같다. 그래서 언어가 달라도 마음이 전해진다. 역시 요리의 힘은 대단하다. 유미 언니가 몇 년이나 구르메 레브쿠헨에 나오는 이유도 모두와 똑같은 마음으로 맛볼 수 있는 요리가 있기 때문이겠지.

요즘 들어 유미 언니 전화가 뜸해졌다. 오랜만에 요리 교실에 온 언니에게 왜 요즘에는 전화를 안 하느냐고 일본어로 살짝 물어보았다.

"여길 다니면서 요리를 대하는 자세가 달라진 것 같아. 요리를 하고 있으면 마치 예술 작품을 창작하는 기분이 든다고나 할까? 전에는 요리 책에 적힌 대로만 만들었는데, 요즘은 이걸 넣으면 좀 더 맛있어질까, 저걸 넣으면 어떨까 모험해보기도 하고. 요리가 즐거워졌어."

그랬구나. 쓸쓸해 보이던 유미 언니에게 무언가 도움이 되었다니 정말 기뻤다. 이전에는 언니가 남편에게 미각을 강요받는 듯한 느낌이 있었다. 음식은 서로 마음을 주고받는 매개체인데, 한 사람의 미각이 요리를 만든 사람과 함께 먹는 사람들을 긴장시켜서는 안 된다고 언젠가 언니의 남편에게 말해주고 싶었다. 하지만 요리에 대한 언니의 마음이 변했듯, 분명 언니의 남편도 언니의 요리를 솔직한 마음으로 칭찬하고 먹게 되었을 것이다. 요리에는 사랑, 미움, 슬픔을 비롯한 모든 감정이 소금, 후추와 함께 섞여 있으니까.

파
에
야
보
다

떡
볶
이

일요일 오후, 아주 오랜만에 프라이드치킨을 주문했다. 기름진 고기와 생선을 싫어하는 비쩍 마른 작은아들의 간청에 못 이겨 동네 치킨집 중 가장 담백한 프라이드치킨을 파는 곳에 전화를 걸었다. 이십 분 후, 오토바이를 타고 온 배달 아저씨가 갓 튀긴 프라이드치킨이 든 봉지를 현관 앞까지 가져다주셨다.

"프라이드치킨 마지막으로 먹은 게 언제더라?"

언제 먹었는지 까마득할 정도로 오랜만에 프라이드치킨을 먹게 되니, 평소에는 음식에 그렇게 흥분하지 않는 작은아들도 들뜬 모습이다. 식탁 위에 치킨 상자를 올려놓고는, 스스로 포크와 앞 접시까지 준비한다. 닭고기를 무척 싫어하는 큰아들도 거절하지 않고, 덤으로 온 콜라를 똑같이 두 잔으로 나누어 따르더니 동생과 묵묵히 먹기 시작했다. 매우 행복한 표정으로.

이런 두 아들의 모습을 보고 있자니 심경이 복잡했다. 나는 요리 가르치는 일을 하는 요리 선생님 아닌가. 인스턴트식품, 전자레인지에 돌리는 레토르트식품, 슈퍼나 백화점 식품 매장에서 파는 반찬, 그리고 배달 음식은 '요리 선생님 식탁에 올라서는 안 될 음식'이다. 물론 나 혼자 정한 규칙이지만.

맛보다 이야기

하지만 나 역시 슈퍼에 가면 반찬 코너나 인스턴트식품 코너 앞에 서서 고민에 빠진다.

'살까? 아니야, 냉장고에 채소도 있고 닭고기도 남아 있으니까 고추장에 볶으면 충분히 맛있는 반찬이 될 텐데…… 역시 사지 말까……'

배달 음식도 마찬가지다. 두 아들은 요리 수업 시간에 만든 요리를 그다지 먹고 싶어하지 않는다. 그래서 아이들이 학교에 안 가는 날이나 요리 수업이 겹치는 날, 아이들을 위해 따로 상을 차려줄 시간이 없을 때나 내 일이 밀려서 가족이 배를 곯을 때는 '요리 선생님 식탁에 올라서는 안 될 음식' 규칙은 잊어버린 채 짜장면이나 피자를 주문한다.

이런 일을 몇 번 반복한 뒤, 이래서는 안 되겠다는 반성을 했다. 요리 수업 재료를 살 때 식구들을 먹일 음식 재료도 잔뜩 사두고, 가족을 위한 메뉴도 이것저것 생각해두었다. 그랬지만 요리 교실이 바빠지자, 결국 가족이 좋아하는 음식을 만들 시간이 없어서 두 아들에게 찬장 가장 안쪽에 숨겨둔 라면을 꺼내주고, 사놓고 방치해둔 재료로 대충 반찬을 만들어주는 일을 반복했다.

나의 의무감과 현실 사이의 괴리는 아들과의 갈등으로 이어졌다. 갑자기 가족에게 뭐라도 만들어줘야겠다는 생각이 고개를

파에야보다 떡볶이

애들은 모른다. 먹는 게 얼마나 중요한지를.

들어, 큰아들에게 뭐가 먹고 싶은지 물어봤다가 둘이서 말싸움을 하고 말았다.

"먹는 게 그렇게 중요해?"

아들의 차가운 말대꾸에 나도 깊이 상처받았다.

요리 수업 중에 아들이 옆을 지나가면, 학생들 중 열에 아홉은 이렇게 말한다.

"아드님들은 좋겠어요. 이렇게 맛있는 음식을 매일 먹을 수 있어서요."

이런 말을 들으면 나는 머릿속이 텅 비고, 진심으로 부러워하는 학생들에게 무슨 변명을 둘러댈까 고민하기 시작한다.

어떤 학생은 아들을 불러세우고는 이렇게 물어보기도 한다.

"엄마가 만들어주는 요리 중에 뭐가 제일 좋아? 파에야?"

아들은 겨우 수줍게 웃으면서 대답한다.

"음, 파에야는 그저 그래요. 삼색밥스크램블드에그와 고기 소보로, 익힌 녹색 채소 등 세 가지 색깔 재료를 얹어 만드는 밥이나 떡볶이 같은 게 좋은데."

요리 교실 레시피에는 없는 메뉴들이다. 왜 요리 교실 메뉴를 좋아하지 않느냐고 아이들에게 물어본 적은 없다. 하지만 아마도, 파에야나 차슈 같은 요리 교실 단골 메뉴는 자신들을 위한 요리가 아니라 '배고파서 먹는 음식' '안 먹으면 엄마한테 혼나니까 마지못해 먹는 음식'으로 여기는 거라고 짐작할 뿐이다. 가족과 친구들을 위해 요리하고 함께 먹는 것이 즐거워서 시작한 요리 교실인데, 정작 내 가족은 마음속 깊이 상처받고 있는 건 아닐까.

요리 선생님으로서가 아니라 가족의 부엌을 책임지는 사람이자 엄마로서, 나는 요리에 어떤 의미를 두고 있었던 걸까. 인간의 오감 중 직접 먹어봐야만 느낄 수 있는 미각. 어쩌면 인간의 감성을 가장 자극하는, 우리가 살아가는 데 있어 가장 중요한 감각일지도 모른다. 그렇기에 두 아들이 필요로 하는 엄마의 애정을 요리에 듬뿍 담고 싶다. 아이들도 요리 교실에서 시식하고 남은 파에야가 아니라, 오직 자신들을 위해 만든 파에야를 잘 갖춰놓은 식탁 위에서 잘 어울리는 접시에 담아 먹는다면 맛있다고 느낄지도 모른다.

매
일
라
면
만
먹
어
요

"부인께서 요리 선생님이시니 맛있는 것만 드시죠? 부러워요."

"애들이랑 매일 신라면 끓여 먹습니다, 하하."

남편이 이렇게 대답하면 상대방은 할 말을 잃고 만다. 요리 선생님 아내가 어떤 요리를 만들어주는지, 또 그 요리를 어떤 기분으로 먹는지 궁금해서 던진 질문일 텐데. 그런데 남편의 대답은 이게 끝이 아니다.

"아내가 새로운 레스토랑이나 맛집 정보를 알아 오면 신메뉴 개발차 같이 먹으러 가는데요, 계산은 항상 제가 해요. 신메뉴를 개발해도 수업하고 남은 것만 주고요. 심하지 않나요?"

상대방은 이제 당황하는 지경에 이른다. 남편의 대답은 아직 더 남았다.

"아내가 요리 수업으로 바쁠 땐 아이들이랑 연희동에 있는 김밥집에 가서 외롭게 김밥 먹어요. 하하하."

사실대로 밝히자면, 남편은 아이들과 김밥집에서 외롭게 김밥을 먹은 적이 없다. 이 에피소드는 내가 아는 요리 선생님의 남편 이야기다. 남편이 어떤 모임에서 그 선생님 부부를 처음 만나 인사를 나누었는데, 그때 남편이 매일 신라면만 먹는다고 하자 그 선생님이 "제 남편은 아들이랑 둘이 김밥집에서 김밥 먹는 걸요" 하고 장단을 맞추어준 것이다. 그런 대화가 오갔다는 사실을 나는 나중에 남편에게 들어서 알았는데, 어느 틈에 우리 집 이야기가 되어 있었다. 당연히 이런 이야기가 오갈 때면 '요리 선생님', 즉 나는 부엌에 있거나 다른 손님들을 접대하느라 그 자리에 없다. 하지만 아무리 멀리 있어도 그런 이야기는 귀에 들어오게 마련이다.

'요리 선생님 남편'이라는 사실이 쑥스러운 것일까. 아니면 진심으로 하는 말일까. 잘 생각해보니, 내가 요리를 업으로 삼은 것에 대해 남편과 제대로 이야기를 나누어본 적이 없다. 하지만 내가 개발한 신메뉴를 가장 먼저 시식하는 사람은 남편이다. 요리 수업이 없는 주말에는 식사 준비를 하는 김에 신메뉴에 도전해 가족에게 맛보일 때가 많다. 남편은 대놓고 맛이 없다는 말은 한 적이 없지만, 남편이 더 달라고 하지 않은 요리는 요리 교실 학생들에게도 반응이 썩 좋지 않았다. 그래서 남편에게 반드시 시식을 부탁한다. 그럴 때면 남편도 신이 나는지 새로운 요리를 휴대전화로 사진 찍기도 하고, 맛있는 와인을 준비하기도 한다. 그러는 걸 보면 신라면이나 김밥 이야기는 역시 괜스레 쑥스러워서 한 말일까.

우리 동네에는 내가 본보기로 삼고 존경하는 노부인이 있다.

매일 라면만 먹어요

가끔 시간이 나면 피아니스트이자 음대 교수인 그분의 멋진 집에 놀러 가 맛있는 커피를 얻어 마시고, 여자로서, 아내로서, 어머니로서 어떻게 살아가야 하는지 인생의 교훈을 배운다.

"아내 삼 할, 엄마 삼 할, 일 삼 할, 여유 시간 일 할. 그중에서도 아내 역할은 절대 잊어버리지 말 것."

그분이 전해준 이 말은 세간에서 말하는 '현모양처 되기'와는 의미가 약간 다르다. 자신의 일에도 충분히 무게를 두고 있기 때문이다. 하지만 무엇보다도 아내로서의 일을 완벽하게 해내야만 엄마로서의 일도, 자신의 일도 해낼 수 있다고 강조한다. 아마 남편에게도 해당하는 말이겠지.

결혼 후 나의 인생은 어땠나, 돌아보면 반성하게 된다. 결혼하고 이 년 간격으로 두 아들을 낳았다. 남편은 해외 출장이 잦았고, 시부모님은 살아온 세계가 너무나 달라 마음 편히 대화를 나눌 수 없었다. 친정은 비행기를 타지 않으면 갈 수 없다. 외롭고 힘들어도 결혼 생활과 육아를 감당해냈던 그때를 떠올리면, '아내 삼 할, 엄마 육 할, 일 일 할' 정도로 살았던 것 같다. 실제로 육아에 쏟은 물리적인 시간을 따지면 엄마 역할이 차지한 비율은 '육 할'로도 모자랄지 모른다. 하지만 그 시간 내내 나는 불안감에 시달렸다.

'이대로는 안 돼! 내가 할 수 있는 일을 찾아야 해.'

매일 라면만 먹어요

요리 교실을 계속하는 한, 3 : 3 : 3 : 1의 비율을 잘 유지해나갈 작정인데 잘될지 모르겠다. 남편과 두 아들 입장에서는 2 : 2 : 6의 비율로 보일지도 모른다. 벌써부터 식구들이 불만에 차 투덜거리는 소리가 들리는 것 같다.

매일 신라면만 먹는다는 남편 옆에서 내가 애써 한마디 덧붙여본다.

"아니에요. 다 거짓말이에요. 요리 수업할 때 남편이 집에 있으면 학생들이랑 똑같이 나눠 먹어요. 와인도 같이 마시는데……."

아, 역시 변명으로 들릴 뿐이다.

둘만 있을 때 남편에게 따져 물었다.

"왜 그런 식으로 말해? 나를 나쁜 아내로 생각할 거 아냐."

하지만 남편은 빙그레 웃기만 할 뿐이다. 그저 나를 놀리는 것일까? 다음에 남편과 제대로 이야기해봐야겠다.

날마다 파티

"먼저, 건배!"

"수고하셨습니다!"

누군가 건배를 먼저 외치면, 와인글라스 여덟 개가 가볍게 부딪치는 소리가 뒤따른다. 저녁의 요리 실습을 마치고 잘 갖춰놓은 테이블에 완성된 요리를 놓고는 모두 의자에 앉으면, 일단 건배부터 한다.

물론 레몬스퀴시나 탄산수도 준비해두지만, 술을 잘 못하는 학생들도 "와인은 못 마시지만 건배는 할래요"라며 와인글라스에 와인을 아주 조금 따른다. 술은 못해도, 건배는 늘 즐거운 법이니까.

그런 다음 그날 만든 요리를 한입씩 먹어본다. 요리 실습이 끝나면 시작되는 시식 시간이다. 점심이나 저녁 시간에 맞춰 요리 수업이 시작되기 때문에, 수업이 끝날 무렵이 되면 학생들은 배고파하기 시작한다. 요리가 완성되기 직전이 되면, 누가 먼저랄 것 없이 배에서 꼬르륵 소리가 난다. 커다란 접시에 담긴 요리를 각자 먹을 만큼 앞 접시에 덜어 먹는데 처음에는 배가 고파서 모두들 말없이 먹기만 한다.

맛보다 이야기

"어때요? 맛 괜찮아요?"

"음, 행복해요."

"맛있어요!"

"선생님, 맛이 진짜 부드러워요!"

모두들 긍정적으로 평가해준다.

'선생님 앞에서 대놓고 맛없다고 하긴 힘들겠지.'

이런 생각을 하면서도 나는 안심이 되어, 그날의 요리에 젓가락을 가져간다. 같은 메뉴라도 그때그때의 재료 상태, 채소를 다듬고 고기를 썬 방법, 소금 간 정도, 날씨나 몸 상태 등에 따라 항상 맛이 다르기 때문에 나도 학생들과 반드시 함께 요리를 먹는다.

와인이 적당히 몸속에 퍼지고 요리가 가득하던 큰 접시도 어느 정도 바닥을 보일 때면, 테이블에 둘러앉은 학생들은 어느새 긴장을 풀고 웃는 얼굴로 분위기를 즐기고 있다. 그렇다. 어느 나라에서든 함께 음식을 나누어 먹는 것이야말로 사람과 사람 사이의 거리를 좁히는 최고의 방법이다.

"저 얼마 전에 남자 친구랑 헤어졌어요."

아무도 물어보지 않아도, 누군가 속 이야기를 털어놓기 시작한다.

"아, 그리고 보니 남자 친구 생겼다고 예전에 말했죠?"

"맞아요. 근데 계속 만나도 이성을 향한 감정이랄까, 연애 감정이 안 생겨서요."

이야기는 점점 무르익는다. 회사원 학생이 많은 반에서는 주로 회사 동료나 상사 이야기, 월급과 육아휴직 문제 등이, 기혼 여성 학생이 많은 반에서는 시댁과의 갈등, 사춘기 자녀와의 갈등, 남편의 과로와 건강에 대한 걱정 등이 화제로 떠오른다. 나는 학생들의 유쾌한 대화에 빠져 시간 가는 줄도 모르기 일쑤다. 그러면 가끔 일이 있어 먼저 가야 하는 학생들이 약간 곤란한 얼굴로 물어본다.

"선생님, 저 먼저 일어나야 하는데…… 저, 후식을 아직 안 먹어서요……."

그제야 나는 급히 자리에서 일어나 후식 낼 준비를 한다. 요리 교실 주최자인 내가 분위기를 봐가며 다음 음식을 준비해두어야 했는데, 하고 반성하면서.

일본 친정에 갔을 때, 요리 교실에서 나눈 소소한 이야기를 엄마께 들려드리자 이런 이야기를 해주셨다.

"그렇다니까. 네 아버지 요리 교실에 오는 학생들 보니까, 아버지한테 본격적인 프랑스 요리를 배우는 것보다 다 같이 모여서 수다 떠는 걸 더 즐거워하는 것 같더라고. 같이 식사할 때는 진짜 시끄러웠지 뭐니. 히데코는 요리 교실에서 여러 가지 이야기를 듣지? 그래도 그런 얘기를 다른 사람들한테 퍼뜨리거나 입을 잘못 놀리면 안 돼."

아버지가 주최한 요리 교실에서, 말주변이 없는 아버지 대신 함께 학생들과 식사를 했던 엄마가 귀중한 조언을 해주셨다.

레스토랑을 운영하셨던 부모님 덕분에 나는 어린 시절부터 훌륭한 테이블 세팅을 몸에 익혔다. 플로리스트였던 엄마는 아버지 레스토랑에 꽃을 장식하러 갈 때 어린 우리 남매를 데리고 가기도 했다. 엄마가 꽃꽂이를 하고 있으면 나는 풀 먹인 리넨을 씌운 테이블 위에 식기를 배치하는 법, 반짝반짝 닦인 컵과 와인 글라스를 놓는 위치, 몇 장씩 높게 쌓인 접시를 놓는 방법 등 테이블 세팅을 어른들 어깨너머로 배웠다.

"나이프는 포크의 오른쪽. 사람이 다칠 수도 있으니까 나이프 칼날은 반드시 포크 쪽을 향하게 둘 것."

"빵 접시는 항상 가장 왼쪽에 둘 것."

"테이블 중앙에 장식할 꽃은 키가 작은 것으로. 식사를 방해하면 안 되니까 향이 강하지 않은 꽃으로 골라야 해."

내가 철이 든 다음부터 엄마는 이런 것들을 잔소리처럼 성가시게 늘 일러주셨다.

'젓가락이랑 밥그릇, 국그릇 놓고 밥 먹는데 왜 자꾸 잔소리를 하실까?'

날마다 파티

집에서는 전형적인 일본 가정 요리를 주로 먹었기에 이렇게 철없이 생각했던 적도 있다. 하지만 엄마는 딸이 언젠가는 요리를 직업으로 삼으리라 믿고 계셨던 것일까.

나는 학생들이 구르메 레브쿠헨에 발을 들여놓는 순간 '진수성찬이 차려진 파티'를 상상하도록, 요리 수업을 시작하기 전 반드시 테이블 세팅을 해둔다. 값비싼 접시나 와인글라스, 고급 리넨 식탁보는 없지만 누구나 금방 따라할 수 있으면서도 나만의 개성이 묻어나는 식탁을 연출하고 싶다. 매일 남대문시장이나 고속버스터미널의 꽃 시장까지 갈 수는 없지만, 봄이 오면 집 뒷산에 핀 개나리나 옆집의 목련을 슬쩍 가져오고, 초여름부터 초가을까지는 뜰에 핀 장미나 한해살이풀, 아무것도 없을 때에는 민트로 다발을 만들어 식탁 가운데를 장식한다.

파티에 빼놓을 수 없는 것 중 하나가 바로 와인이다. 하지만 와인 가격과 요리 교실 재료비 사이에서 균형을 맞추는 일이 쉽지는 않다. 맛있는 와인을 학생들에게 맛보여주고 싶지만, 가격 대비 질 좋은 와인은 구하기 어렵다. 남산 기슭에 있는 와인 가게 '더 젤' 등 저렴하지만 절대 실망스럽지 않은 와인을 파는 가게를 알아두고, 정해진 재료비 내에서 살 수 있는 맛있는 와인을 구입한다. 어떤 요리와도 어울리도록 언제나 레드 와인과 화이트 와인 둘 다 구입하고, 포도 종류와 산지도 다양하게 고려한

다. 그렇게 고심해서 내놓은 와인이 수업 중에 맛있다는 칭찬을 받으면, 어떤 때는 '오늘의 레시피'를 칭찬받을 때보다 더 기쁘다.

이렇게 매일 와인을 마시다 보니, 제법 많았던 구르메 레브쿠헨의 와인글라스도 건배할 때마다 한두 개씩 깨지더니 이제는 여덟 개 정도밖에 남지 않았다. 사실 유럽에서는 와인글라스나 맥주 컵으로 건배를 할 때 입이 닿는 윗부분이 아니라 중간이나 아랫부분을 서로 부딪친다. 구르메 레브쿠헨의 와인글라스를 잘 간수하기 위해서라도 이제부터 건배를 외치기 전, 학생들에게 이 상식을 알려줘야겠다.

요리 교실의 큰 기쁨 중 하나는 함께 밥을 먹는 것이다. 물론 혼자 먹는 밥도 맛있다. 하지만 구르메 레브쿠헨에서 함께 밥을 먹는 일은 '진수성찬이 차려진 파티'를 즐기는 것과 같다. 요리가 있는 곳에 사람들이 모이고 문화가 탄생한다. 그리고 그 시작은 이 한마디와 함께한다.

"먼저, 건배!"

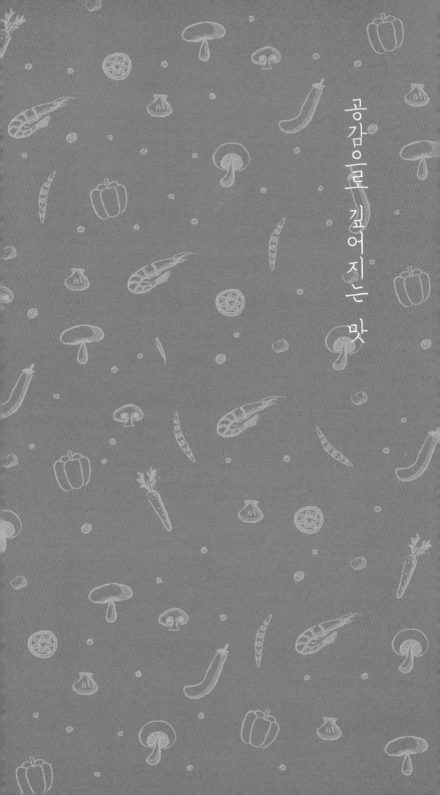

공감으로 깊어지는 맛

오
래
오
래　함
께

나는 운전면허가 없어서 주로 배달이 가능한 가게에서 요리 재료를 산다. 연희동으로 이사 온 뒤에는 집 근처 사러가 쇼핑센터라는 큰 슈퍼마켓을 단골로 삼았다. 그 단골 슈퍼 건물 한편에 삼십오 년간 서로 이웃하며 장사를 해온 생선 가게와 채소 가게가 있다.

'이 생선 가게와 채소 가게가 없어지면, 구르메 레브쿠헨도 문을 닫아야 하는 거 아닐까?'

가끔 이런 걱정을 할 정도로, 생선 가게 부부와 채소 가게 부부는 요리 교실에서 쓰는 식재료를 책임지고 있는 분들이다. 스페인 요리를 비롯한 지중해 요리를 가르치려면 엔다이브^{endive} 같은 귀한 채소, 루콜라 등 다양한 허브, 그린빈, 아스파라거스를 일 년 내내 확보해두어야 하는데, 매일 아침 가락시장에 가는 채소 가게 아저씨가 내 어려운 주문을 받아준 것이다. 생선도 마찬가지다. 스페인 요리는 육류보다 어패류를 재료로 더 많이 쓰는데, 요리 교실 재료비에 맞는 우럭, 도미, 대구, 오징어, 대합, 홍합 등을 생선 가게에 전날 주문해두면 준비해주신다. 다른 요리 선생님이나 레스토랑 셰프는 나름의 신념에 따라 직접 아침 일찍 시장에 가서 생선이나 채소를 고르기도 하지만, 구르메 레브쿠헨에서는 그 역할을 연희동 채소 가게 아저씨와 생선 가게 아저씨가 대신하고 있는 셈이다.

나처럼 다른 동네에서 이사 온 사람은, 오랜 시간 터줏대감처럼 장사를 해온 가게 주인과는 조금 어색하기 마련이다. 게다가 큰 슈퍼 옆에 있는 작은 가게들이다 보니 나는 지날 때마다 비싸겠지, 바가지 씌우겠지, 하고 지레짐작했다. 그래서였는지 주인 부부의 얼굴도 왠지 차가워 보였다. 처음부터 그런 마음을 품고 "이 도미 얼마예요? 신선해요?" 하고 묻곤 했으니, 내 얼굴도 아마도 미소 없이 얼음장처럼 딱딱하게 굳어 있었을 것이다. 하지만 한두 마디씩 말을 섞는 일이 많아지면서 이윽고 내가 일본인이고 한국으로 유학 와 한국인과 결혼했다는 얘기며, 심지어 아들이 둘 있고 대구 출신 시부모님의 사투리를 신혼 때는 거의 알아듣지 못해 고생했다는 개인적인 얘기까지 나눌 정도로 서로 친밀한 사이가 되기 시작했다.

어느 날 나는 생선 가게에서 홍합을 삼, 사 킬로그램이나 사서는 끙끙대며 언덕길을 올라갔다. 그런데 다음 날, 생선 가게 아저씨가 이렇게 물어보시는 게 아닌가.

"힘드시면 오토바이로 배달해드릴까요?"

아, 배달도 해주시는구나. 이러니 잘 모르면 뭐든 물어봐야 한다. 배달은 대형 마트에서만 해주는 거라고 생각했던 것이다. 그렇다면 요리 교실에서 쓸 재료를 이곳에서도 사자. 요리 교실을 시작한 다음 이렇게 이 두 부부와 더욱 친밀해졌다.

세계 어디를 가든 사람 마음은 똑같다. 가게의 물건을 믿고 사면, 파는 사람의 마음에도 자연히 인정이 넘치게 된다. 채소 가게 아저씨도 마찬가지였다. 피클을 많이 담그거나 요리 수업이 며칠간 계속되면 평소보다 더 많은 채소가 필요하다. 시장에 직접 가는 편이 가장 좋지만, 운전을 못하니 연희동 채소 가게 아저씨에게 오토바이로 배달을 부탁드렸다. 그런데 그런 일이 잦아질수록 아저씨가 가져온 오이, 파프리카, 콩, 가지가 가게에서 파는 채소들보다 더 신선한 듯한 느낌이 들었다. 또 직접 채소 가게에 갈 때면, 생채기가 나서 팔기 어려운 채소를 조금씩 봉지에 넣어주시기도 한다. 새로운 메뉴를 연습하거나 신세 진 분들께 대접하는 등 식재료는 아무리 많아도 다 쓸 데가 있기에, 채소 가게 부부의 마음 씀씀이가 고마웠다.

매년 초여름이 되면 생선 가게에서 커다란 문어를 산다. 이 시기엔 요리 수업 시간에 일본요리인 지라시스시_{잘게 썬 생선과 채소 등}_{을 밥과 섞고 위에 고명을 얹은 스시}를 가르치곤 하는데 여름이라서 회 대신 삶은 문어를 재료로 쓴다. 시장이나 백화점에서는 문어를 삶아주지 않지만 이 생선 가게에서는 언제나 부드럽게 삶아준다.

내가 산 문어를 삶는 동안, 생선 가게 아주머니는 주문을 외듯 문어를 맛있게 삶는 방법을 알려주신다.

"문어는 커다란 냄비에 물을 한 컵만 넣고 삶는 게 좋아요. 물을 냄비 가득 넣을 필요가 없어요. 삶는 시간도 처음엔 이 분, 문어 표면이 빨개지면 뒤집어서 일 분이면 돼요."

아주머니에겐 비밀이지만, 시장이나 백화점에서 세일을 할 때 문어를 싸게 사서 이 방법대로 삶아본 적도 있다.

생선 가게 아주머니는 낙지볶음, 갈치조림, 매운탕 등 한국 생선 요리 조리법도 알려주셨다. 생선을 손질하면서 입으로 대충 설명해주신 방법이었지만 집에서 레시피로 정리해 만들어보니 굉장히 맛있었다. 결혼 직후 다녔던 궁중음식연구원에서 배운 요리들이긴 했지만, 장사로 언제나 바쁜 아주머니의 레시피는 지극히 간단해도 어패류의 신선함을 제대로 느낄 수 있어 존경스러웠다.

채소 가게 아주머니께는 된장찌개나 나물을 맛있게 하는 방법을 배웠다. 채소를 사러 가면 본 적도 없는 산나물과 푸성귀가 진열대에 한가득 놓여 있다. 나는 나물 이름이나 어떻게 요리하면 맛있는지 등 이것저것 물어본다. 쪽파와 대파, 마늘에 묻은 흙을 하나하나 조심스레 칼로 털어내고 푸성귀를 먹기 좋은 크기로 자르는 아주머니의 모습은 자신의 일에 자긍심을 지닌 생선 가게 아주머니의 모습과 똑같다. 채소 가게에 시집와, 일 년 내내 매일같이 새벽 시장에 나가는 남편 뒷바라지에 시부모 수발까지 들면서 아들 둘을 키워낸 아주머니.

"요리가 딱히 어려운 게 아닌데, 먹고 마시는 일이 살아가기 위해 하는 중요한 일이란 걸 요즘 들어 알 것 같아요. 좀 더 일찍 알았으면 좋았을 것을……."

아주머니는 인생을 참 열심히 살아오신 것 같다.

연희동, 이 작은 마을에서 한평생 자리를 지키며 장사를 하고 있는 두 부부. 똑바로 살아가는 삶이란 어떤 것인지, 그분들에게서 오늘도 배운다.

차
도
녀
의　진심

미술대학을 졸업하고 곧바로 뉴욕으로 유학을 떠난 이해주. 그녀는 학교에서 사진을 공부하고 사진작가가 되어, 경쟁이 치열하기로 소문난 뉴욕에서 패션 잡지에 들어가는 사진을 찍었다고 한다. 예전에 그녀의 홈페이지를 살짝 구경해본 적이 있는데 화려하고 멋졌다. 스타일리시한 사진으로 가득 차 있었다.

이유는 모르겠지만, 해주는 몇 년 전 서울로 돌아왔다. 그리고 건너 건너 아는 사람의 소개로 요리 교실에 나오게 되었다. 그녀가 처음 온 날, 수업 메뉴는 서양풍 일본 가정 요리인 햄버그스테이크 코스 요리였다. 수업 중에 그녀가 시니컬하게 말했다.

"뉴욕에서는 고기 같은 거 거의 안 먹었어요. 주변에서도 다들 채식했고. 햄버그스테이크라니 왠지 촌스럽잖아요."

피자 만드는 법을 가르칠 때는, "피자 도우 정도는 혼자서도 대충 만들 수 있어요"라며 고압적인 태도로 투덜거렸다. 만만찮은 수강생을 만난 나는 꽤 진땀이 났다.

"그러면 도대체 요리 교실엔 왜 왔어요?"

성격 급한 내가 이렇게 불쾌한 기색을 잔뜩 내비친 적도 있었다. 하지만 그녀는 요리하는 내 손만 천연덕스럽게 바라보고 있을 뿐이었다. 그러고는 완성된 요리를 언제나 맛있게 먹고 걸어서 십 분도 안 걸리는 자기 집으로 만족스러운 듯 돌아가곤 했다. 요리 수업 중에도 담배를 피우려고 틈만 나면 자리를 비웠고, 내가 나눠준 레시피에는 아무 메모도 하지 않았다. 하지만 단 한 번도 수업에 빠지지 않았으며, 메모는 안 했지만 집에서 내 레시피를 보며 직접 도우를 반죽해 자기 나름의 방식으로 토핑해서 피자를 만들어 먹는다고도 했다.

그렇게 해주는 일 년 넘게 꾸준히 요리 교실에 나오고 있다. 그간 모아둔 레시피만 해도 상당한 양일 것이다. 한창 요리하는 도중에 담배 냄새를 풍기며 들어오는 그녀가 밉다가도, 집에서 입을 굳게 다문 채 배운 대로 묵묵히 요리를 하는 그녀의 모습을 떠올리면 어쩐지 그냥 내버려둘 수가 없었다. 같은 반 학생들은 그런 그녀가 신경 쓰이는 눈치였지만, 아니 실은 신경 쓰여 죽을 지경이었지만 모르는 체하며 한 달에 한 번 요리 교실로 모여들었다. 그러다 수업이 시작된 지 여섯 달 정도 지났을 무렵, 해주가 없는 자리에서 가끔씩 이런 얘기가 흘러나왔다.

"해주 씨, 요즘 밝아졌더라고요. 왠지 모르게 안정되었다고 할까요?"

"맞아요, 맞아. 처음보다 많이 온화해졌죠. 이젠 얘기도 부드럽게 하고요."

그러고 보니 그 무렵부터 시식 시간이면 그녀 혼자서 어머니와 사이가 나쁘다는 얘기나 뉴욕에서 사귄 남자 친구 얘기를 지나치다 싶을 정도로 떠들어대곤 했다.

어느 날, 내가 냉장고에서 생크림을 꺼내 볼에 담아 거품기로 거품을 내려 하는데 해주가 부드럽게 말을 걸었다.

"저, 집에서 치즈 만들어요. 그 생크림으로요."

한창 수업을 진행하는 중이라 치즈를 어떻게 만들었는지 자세히 물어볼 순 없었지만 어쨌든 간단한 방법이라고 했다. 아마도 이탈리아의 리코타 치즈와 비슷할 것 같았다.

"그 치즈, 선생님 레시피로 만든 피자 도우에 토핑해 먹으면 맛있어요."

그러자 학생들이 그녀에게 다음 수업 시간에 집에서 만든 치즈를 좀 가져오라고 부탁했다. 어머니와 어떤 갈등이 있는지, 뉴욕에서는 어떻게 살았는지 좀처럼 알 수는 없었지만 천진난만하게 수제 치즈 이야기를 하는 그녀를 보자 내면은 순수한 사람이라는 생각이 들었다.

한동네에 살면서도 좀처럼 마주치기 힘든 그녀와 우연히 만난 적이 있다.

"아! 선생님, 잠깐만요."

마침 나는 장을 보고 돌아오던 참이라 양손에 비닐봉지를 잔

뚝 든 채 길가에 서서 그녀를 기다렸다. 해주는 근처의 오래된 빵집으로 뛰어 들어가더니 크로켓을 두 개 사 와서 하나를 건네주었다.

"아직 아침을 안 먹었거든요. 이 집 크로켓 맛있어요. 아침이라 갓 만들어 따끈따끈해요."

나는 아침을 먹고 나와 배가 불렀지만 한입 먹어보았다. 으깬 감자와 통조림 옥수수 알갱이, 냉동 완두콩, 잘게 썬 당근이 입안에서 마구 섞였다. 잘은 모르지만 1970년대 한국의 맛, 추억의 맛이 바로 이 맛일 것 같았다. 입안에서 갈 길을 잃은 크로켓을 삼키려는 순간, 어쩐지 눈물이 날 것 같았다. 크로켓 조각을 꿀꺽 삼키자 목 언저리가 갑자기 뜨거워졌다. 눈물을 애써 참았다.

"잘 먹었어요."

비닐이나 냅킨도 없이 맨손으로 크로켓을 쥐고 먹었더니 기름으로 미끌미끌해진 오른손에 달착지근한 크로켓 냄새가 희미하게 배었다. 그녀의 마음 씀씀이가 고마웠다.

해주의 미각은 그녀가 이십 대를 보낸 뉴욕에서 완성되었다. 나에게 뉴욕은 책이나 사진, 영화 속의 장소일 뿐이어서, 그녀가 도대체 뉴욕에서 무엇을 어떻게 먹었는지 궁금해 물어본 적이 있다.

"아파트 근처에 홀푸드 마켓Whole Foods Market, 미국 유기농 식품 매장

이 있었어요, 퇴근길에 들러서 라자냐, 샐러드, 라비올리나 피로시키piroschki, 튀김 만두 모양의 러시아 요리 같은 거 사다 먹었어요. 아, 그리고 피자도요. 식품 코너에서 파는 거 사 와서 오븐에 넣고 데우기만 하면 되니까 엄청 편했어요. 맞다, 라비올리는 쓰리치즈리코타, 페코리노 로마노, 파르메산 등 세 가지 치즈가 들어간 소스 들어간 게 최고예요. 피로시키는 사워크림을 듬뿍 넣으면 맛있어요. 그리고 입구에는 스시 코너도 있어서 현미 스시도 자주 사 먹었어요."

그녀가 드물게 신이 나서 뉴욕 음식 이야기를 늘어놓자, 저녁 식사 시간이어서였는지 배에서 꼬르륵 소리가 났다. 음식 이야기를 이렇게 즐겁게 하다니, 조금 놀랐다. 아무래도 사람은 먹는 이야기를 할 때 가장 기쁘고 신나나 보다. 아무것도 먹기 싫어, 점심은 아무렇게나 먹어도 상관없어, 슈퍼 가기도 귀찮고 요리도 귀찮아, 이런 생각이 드는 까닭은 몸 상태가 안 좋거나, 정신적으로 여유가 없거나, 마음속에 고민이 있기 때문일 것이다.

이야기를 듣다가, 나는 그녀가 좋아하는 뉴욕식 라자냐를 만들어보자는 말을 꺼냈다. 구르메 레브쿠헨에 다닌 지 딱 일 년 되는 날 라자냐를 만들어보면 어떻겠냐고. 같은 반 학생들에게 의견을 냈더니 나를 포함한 학생 모두가 그녀에게 '해주표 리코타 치즈'를 배우고, 그 치즈로 라자냐를 만들고 싶다고 했다. 그녀는 의외로 흔쾌히 수락했다. 필요한 재료는 내가 준비하고, 빨리 만들 수 없는 치즈만 그녀가 집에서 미리 만들어 오기로 했다. 하지만 나는 해주가 뉴욕에서 먹었던 '맛있는 라자냐'와 똑같은 맛을 낼 수는 없다. 그도 그럴 것이, 나는 그녀가 먹은 라자냐를 맛본 적이 없으니까. 나는 유럽에서 배운 맛과 방식대로 라자냐를 만든다. 토마토를 한가득 넣고, 셀러리와 당근을 잘게 썰어 넣은 뒤 치즈보다는 산뜻한 베샤멜소스^{서양 요리에 쓰이는 화이트 소스}를 듬뿍 넣은 라자냐다. 그래서 나는 '히데코표 라자냐' 레시피를 해주가 원하는 맛이 나도록 변형할 수밖에 없었다. 뉴욕의 라자냐를 상상하면서.

'뉴욕으로 이민 간 이탈리아인은 어떤 맛을 냈을까. 토마토 소스도 새빨간 거겠지? 혹시 만화 주인공 가필드가 먹는 라자냐와 비슷한 느낌일까?'

나는 오랜만에 레시피 때문에 머리를 감싸쥐었다.

드디어 해주가 수제 치즈 만드는 법을 가르쳐주는 날이 왔다. 다른 사람의 기분은 안중에도 없는 그녀와 구르메 레브쿠헨을 일 년간 한마디 불평도 없이 함께 다녀준 학생들 모두 그 마법의 치즈를 고대하고 있었다. 사실은 치즈 자체보다, 해주가 치즈를 만들어준다는 사실에 더 흥분했는지도 모르겠다.

그런데 그녀가 가져온 치즈를 보니 내가 아는 리코타 치즈와는 생김새가 달랐다. 만드는 사람에 따라 모양이 다르겠거니 싶어 해주가 직접 치즈를 만드는 모습을 지켜보았다. 생크림과 우유를 바닥이 두꺼운 냄비에 넣고, 레몬 즙을 넣는다. 약불로 정성스레 재료를 젓는 그녀의 모습은 고집불통이었던 일 년 전 모습과 많이 달라 보였다. 대략 십오 분 정도 지나면 불을 끄고 식힌 다음, 깨끗한 천으로 수분을 짜내고, 남은 덩어리를 냉장고에 넣어 굳힌다. 미리 가져온 치즈를 그날의 라자냐 속에 넣고 베샤멜소스도 뿌리고 모차렐라 치즈와 파르메산 치즈를 얹어 마무리했다. 갓 구워진 라자냐는 속이 꽉 차 있었고 두근거릴 정도로 맛있게 보였다. 해주표 치즈가 부드럽게 녹아내려 라자냐 본래의 네모난 모양이 조금 망가졌지만 그래서 더 맛있게 보였다.

원래 만들고자 했던 라자냐와는 조금 달랐던 그날의 라자냐. 해주도 학생들도 만족스러운 표정으로 열심히 쫀득쫀득한 라자냐를 입안 가득 우물거렸다.

"선생님, 뉴욕에서 먹었던 라자냐랑 좀 다르긴 하지만 이탈리아 엄마가 만든 것처럼 맛있어요!"

언제나 조금만 먹던 해주가 앞 접시를 비우더니 다시 라자냐를 덜어 먹었다. 이탈리아 엄마의 라쟈나가 맛있는 이유는, 아이들에 대한 애정을 라자냐에 잔뜩 넣어 만들기 때문이다. 그날의 라자냐에도 새하얗고 부드러운 치즈같이 변한 그녀에게 향하는 내 마음이 녹아들어 있었으리라.

생크림으로 만드는 해주표 수제 치즈는 유청으로 만드는 리코타 치즈와는 종류가 다르다. 오히려 미국 크라프트사社에서 판매하는 크림치즈에 가까운 맛이었다. 그날 수업을 마치고 주방 한 구석에 놓아둔 해주표 치즈를, 크림치즈를 매우 좋아하는 큰아들이 매일 조금씩 빵에 발라 먹는다.

해주는 서울에 돌아온 뒤 몸이 안 좋아져서 사진 작업을 잠시 쉬고 있었다. 그런데 요즘 다시 건강해져서 일을 조금씩 시작하고 있다고 한다. 뉴욕에서처럼, 한국에서도 씩씩하게 사진을 찍을 그녀의 모습이 기대된다.

쓰고도 고소해、 루콜라 된장국

"요전에 선생님께 받은 귀한 루콜라 말이에요. 시금치 한 단 정도 되는 양이라 피자에 넣어 먹고 나머지는 샐러드용으로 따로 보관해뒀어요. 남편이 루콜라를 정말 좋아하거든요. 루콜라 샐러드, 기대돼요!"

어느 날, 요리 수업 중에 하늘이네 엄마가 기대에 찬 목소리로 내게 말했다. 하늘이네 엄마는 요리 교실 초창기 학생이라, 학생들 가운데서도 오래 알고 지낸 친한 사이다. 도움을 받은 일이 있어 감사의 표시로 루콜라를 선물했더니 이렇게 즐거운 인사가 되돌아왔다.

삼사 년 전만 해도 루콜라는 고급 이탈리안 레스토랑에서 파는 피자 위에서나 겨우 구경할 정도로 귀했다. 요즘도 흔하진 않지만. 그래서 그때나 지금이나 피자 수업에 루콜라가 필요할 때면 채소 가게 아저씨에게 아침 일찍 가락시장에서 가져다달라고 부탁해둔다. 결코 싼 가격은 아니지만, 서울 시내 백화점에서 파는 가격보다는 저렴하다. 수업에서 쓰고 남는 것은 "집에서 피자 만들 때 쓰세요" 하고 학생들에게 조금씩 나누어주기도 한다.

그런데 다음 날, 재미있는 얘기를 들었다.

"어젯밤에 루콜라를 깨끗하게 씻어서 소쿠리에 담아 베란다에 내놓고 잤는데, 아침에 일어나서 샐러드에 넣으려고 베란다에 가보니 글쎄 없어진 거예요."

나는 깜짝 놀라 그녀의 이야기에 귀 기울였다.

"같이 사는 시어머니께 물어봤죠. 베란다에 있던 소쿠리 못 보셨냐고. 그랬더니 '아, 열무? 아침에 된장국 재료가 없기에 마침 잘됐다 싶어서 넣었지. 된장국 먹을 때 열무 들어 있는 거 못 봤어?' 하시는 거예요. 엄청난 충격이었어요!"

나는 터져나오는 웃음을 참으며 물었다.

"아, 그러고 보니 루콜라랑 열무가 비슷하게 생겼네요. 채소가게 아줌마 아저씨도 항상 열무라고 하시거든요. 근데 루콜라 된장국은 맛이 어땠어요?"

"글쎄요, 돌이켜보니까 열무랑 조금 달랐던 것 같아요. 입에 넣는 순간은 열무랑 똑같은데, 씹으면 루콜라의 쓰고도 고소한 맛이 느껴져요. 생각보다는 괜찮았어요."

하늘이네 엄마와는 아이들과 부모가 함께 어울리는 작은 음악회에서 처음 만났다. 하늘이네가 주최해 열린 첫 번째 작은 음악회였는데, 어떤 곡들이 연주되었고 분위기가 어땠는지는 전혀 기억나지 않지만 음악회가 끝나고 모두 함께 나의 일본식 군만두와 하늘이네 엄마가 산처럼 만들어 온 잡채, 다른 참가자 어머

쓰고도 고소해, 루콜라 된장국

니들이 싸 온 김밥 등을 나눠 먹은 기억은 생생하다. 배 속에 들어간 맛있는 음식만은 늘 기억이 잘 난다.

그때의 만남이 인연이 되어, 작은 음악회는 점점 성대해져 지금까지도 계속되고 있다. 구르메 레브쿠헨을 시작했을 때도, 하늘이네 엄마에게 얘길 했더니 곧장 학생을 모아 며칠 뒤 요리를 배우러 왔다. 호기심이 왕성하고 일단 무언가를 시작하면 끝까지 하는 열정을 지닌 하늘이네 엄마는 정말 적극적인 사람이다. 나도 호기심이 강한 편이고 호기심에 이끌려 행동할 때도 많지만, 그 열정을 변함없이 유지하지는 못해서 가끔은 그녀가 존경스럽기까지 하다.

하늘이네는 요즘 서울에서는 보기 드문 대가족이다. 루콜라 사건의 범인인 할머니와 보수적인 남편, 딸 둘, 아들 하나 그리고 강아지 하늘이까지. 하늘이네 엄마는 가정에서는 시어머니를 모시면서 아이 셋을 돌보고 교육시키고 남편 뒷바라지까지 해내는 현모양처, 동네에서는 유명한 컴퓨터 학원을 경영하는 원장 선생님이기도 했다. 하지만 무엇이든 열심히 하는 그녀답게 자신을 돌보지 않고 무리한 생활을 계속하다 건강에 이상이 생겼다고 한다. 그래서 지난 몇 년간 투병을 하면서 가족 뒷바라지만 해왔다. 그러다가 건강이 회복될 무렵, 구르메 레브쿠헨에 다니기 시작한 것이다.

그녀는 가족의 식사에도 온갖 정성을 기울인다. 두 딸이 다이어트에 관심이 없었던, 식욕이 왕성했던 시기에는 아침부터 삼겹살 같은 고기를 구워주었을 정도다. 전에는 세 아이 모두 고기를 좋아해 돼지고기나 소고기를 살 때도 오 킬로그램, 십 킬로그램 단위로 샀다고 한다. 그러나 건강이 회복되고부터 하늘이네 엄마는 채식주의자가 되었고, 딸들도 몸매에 신경을 쓰기 시작해 점차 '삼겹살 아침 식사'는 자제하게 되었다.

나도 한국에서 삼겹살을 알게 된 뒤 가끔은 참을 수 없을 정도로 먹고 싶을 때가 있다. 하지만 아침부터 먹고 싶다고 생각한 적은 한 번도 없다. 고기를 구울 때 뭉게뭉게 피어오르는 연기, 굽고 난 다음 남는 돼지고기 특유의 기름진 냄새와 왠지 기름으로 미끌미끌해진 듯한 주방 바닥. 상상하면, 아침부터 이런 광경을 마주하고 싶지는 않다. 하지만 하늘이네 엄마 얘기에서는 기름 냄새보다도 삼겹살로 세 아이들에게 착실히 영양을 공급하려는 엄마의 애정이 더욱 강하게 느껴졌다. 그래서 나도 아이들을 위해 아침부터 고기를 구워볼까 하는 생각이 들었다. 몇 번 불고기용 고기를 사 온 적도 있다. 하지만 담백한 아침 식사만 십 년 이상 해온 우리 집에서는 아무도 젓가락을 고기 쪽으로 움직이지 않았다. 비쩍 마른 작은아들을 볼 때면 괜스레 가슴이 찔린다.

가족이 모두 모이는 주말이면, 하늘이네 엄마는 요리 교실에

쓰고도 고소해, 루콜라 된장국

서 배운 요리를 복습할 겸 여러 가지 요리를 만들어준다고 한다. 식구들도 그런 엄마의 요리를 굉장한 이벤트로 여기고 언제나 즐겁게 먹어준다. 근처 시장에서 닭갈비용 프라이팬을 사 와 파에야를 몇 번이나 연습했고, 루콜라 피자나 화이트 스튜 같은 일본 가정 요리까지, 아마도 수업 중 배운 메뉴는 거의 다 집에서 만들어보았을 것이다. 가족 모두 고기를 좋아해서인지 중국요리 오향장육을 일본식으로 만든 '차슈'라는 돼지고기 요리가 제일 인기를 끌었다. 차슈를 갓 배웠을 때는 거의 매 주말마다 만들었다고 했다. 채식주의자인 그녀가 고기 요리인 차슈를 그렇게 자주 만들었다니, 대단하다는 생각이 들었다.

"하늘이네 집 이야기를 책에 쓰려고 하는데요."

최근에는 고등학생 딸들의 뒷바라지로 마음의 여유가 없어서 요리 교실에 나오지 않는 하늘이네 엄마와 만났다. 그녀에게 요리가 어떤 것이냐고 물었다가, 귀가 따끔해지는 대답을 들었다.

"요리는 과학이에요."

나는 학생 때부터 아무리 노력해도 수학과 물리에서 좋은 점수를 얻을 수 없었다. 그래서인지 요리와 과학을 연결해 생각해본 적은 처음이었다. 여러 가지 재료를 섞어 요리를 만들고 있노라면 과학자가 된 기분이 든다는 하늘이네 엄마. 그녀는 요리를 하면서 재료를 어떻게 활용해서 어떤 순서로 넣을지 궁리할 때

어린 열무 잎 피자

푸실리 열무 잎 샐러드

동네 아주머니한테
마당에 잔뜩 난 루콜라를 드렸더니
"루콜라 김치" 가 우리 집에 왔어요~

요리는 사이언스!

가장 즐겁다고 한다. 확실히 조리 과정을 과학적으로도 충분히 이해하면 실수 없이 정확한 맛을 낼 수 있을 것이다. 셰프인 아버지와 요리 잘하는 어머니 덕분에 어릴 적부터 미각에는 일가견이 있다고 자부해온 나지만, 요리의 길을 선택한 이상 하늘이네 엄마 같은 사고방식도 필요하다.

하늘이네 엄마는 중학생 때까지 시골에서 자랐다. 어린 시절을 자연에 둘러싸여 보낸 그녀에게 '추억의 요리'가 뭐냐고 물어보았다. 엄마가 끓여준 된장찌개라는 답이 돌아왔다. 시골 길을 걸어가며 뜯은 산나물과 고추에 집에서 담근 된장을 듬뿍 넣고 끓인 된장찌개. 그녀의 어린 마음에 자연에서 자란 나물을 뜯을 때의 즐거움과 '엄마의 정성이 들어간 음식'의 소중함이 자연스레 스며들었으리라. 그래서 나는 하늘이네 엄마가 완성한 요리를 본 적은 없지만, 훌륭한 요리일 거라고 확신한다.

쓰고도 고소해, 루콜라 된장국

책 만드는 요리사

연희동에 이사 온 뒤, 나는 저녁이 되면 골든레트리버 시리우스를 데리고 산책을 하곤 했다. 이 년 정도 지났을 무렵, 어느 날 언제나 지나던 조용한 주택가 모퉁이를 도는데 지금까지 본 적 없는 세련된 간판이 눈에 띄었다. 주택가의 간판으로 딱 알맞은 크기의 빨간 사각형 간판에는 하얀 고딕체로 'VITA'라는 글자가 적혀 있었다.

밤이 되면 VITA의 빨간 간판은 비교적 어두운 주택가 골목길에 환하게 떠오른다. 시리우스를 데리고 지나갈 때마다 그 간판이 눈길을 끌어, 차고로 쓰이던 장소를 개조해 만든 듯한 사무실 공간을 슬쩍 엿보았다. 세련된 의자와 테이블, 모빌이 걸린 천장, 책으로 장식된 입구가 보였다. 서점은 아닌 것 같고, 그렇다고 출판사라고 하기엔 공간이 너무 작아 보였다. 일단 호기심이 생기면 참지 못하는 성격인 나는, 그 후로 그곳을 지나칠 때마다 안을 엿보았다. 하지만 아무리 호기심이 넘쳐도, "안녕하세요. 여긴 뭐하는 가게예요?"라거나 "실례합니다. 궁금해서 들어와봤어요"라고 가볍게 인사할 만한 배짱은 내게 없었다.

빨간색 VITA 간판 아래를 함께 산책했던 시리우스가 갑자기

하늘나라로 떠나고 말았다. 그 뒤 또 다른 골든레트리버 벤이 우리 가족과 함께 살게 되었고, 벤과 함께 다시 밤 산책을 시작했을 때까지도 나는 그곳의 정체를 알아내지 못했다. 그런데 구르메 레브쿠헨에 새롭게 만들어진 반에, 빨간 간판 VITA의 주인이 찾아왔다! 나는 동경하던 여배우와 만난 것마냥 감동했다. 짝사랑했던 선배와 처음 대화를 나누었을 때처럼 왠지 두근거렸다. 아무리 그랬다고는 하지만 내 덜렁거리는 성격은 정말 어쩔 수 없다. 그렇게 두근두근하느라, 첫 수업 때 어떤 요리를 만들었는지 전혀 기억이 안 난다.

디자인 사무소 VITA의 주인, 김지선 씨는 내 또래의 멋진 여성이다. 지선 씨는 남편, 외아들, 친정어머니와 함께 살면서, 자신의 집 일 층에 VITA를 열어 운영하고 있다. 그녀는 대학 졸업 후 줄곧 북 디자인의 세계에 푹 빠져 있었다고 한다. '디자인이 좋으면 다 좋다'고 생각하면서. 나는 대학생 시절 도쿄의 한 출판사에서 아르바이트를 한 적은 있지만 책 전문 디자이너와 만난 것은 처음이었다. 그래서 솔직히 말하자면, 그녀의 일에 대해 책의 표지나 띠지를 디자인하는 일이라는 정도밖에는 아는 것이 없었다. 하지만 지선 씨는 포스터 디자인 등 다른 작업들도 함께하고 있어서 그래픽 디자이너 혹은 에디토리얼 디자이너라고 불린다. 에디터가 책의 본문 내용을 편집한다면, 에디토리얼 디자이너는 책의 외양을 편집하고 디자인하겠지 하고 내 나름대로 해석했다.

그때부터 지선 씨는 한 달에 한 번 요리 교실에 나오기 시작했다. 마침 그 무렵 그녀가 스페인으로 여행 간다고 하기에, 나는 반드시 파에야 냄비를 사 오라고 일렀다.

"파에야 냄비를 사 오면 파에야 수업을 할게요."

처음 여행하는 스페인에서 파에야 냄비를 찾을 수 있을까 내심 걱정했지만, 지선 씨는 어떻게 구했는지 파에야 냄비를 들고 한국으로 돌아왔다. 그리고 구르메 레브쿠헨에서 해물 파에야를 배우고 나서 한동안 주말마다 파에야를 만들어 가족에게 대접했다고 한다.

"선생님 손이 닿으면 여러 가지 재료가 신기하게도 정말 맛있는 요리로 변해요."

손자를 돌보며 같이 살고 있는 친정어머니에게 식사와 요리를 모두 맡겨두었던 지선 씨는 이렇게 요리 교실을 통해 새로운 세계를 발견했다. 파에야 요리가 가족에게 절찬을 받자, 그 뒤로 그녀는 일 때문에 피로가 쌓여 있어도, 약속이 있어도, 주말마다 요리 교실에서 배운 요리를 가족에게 만들어주려고 애썼다. 파에야를 비롯, 타이풍 삼각 스프링롤, 차슈, 닭튀김, 스키야키……. 아들이 여름방학을 보내는 동안에는 차슈를 너무 자주 만들어 마침내는 친정어머니까지 레시피를 외워버렸을 정도였다.

지선 씨와의 만남은 요리와 디자인이 매우 밀접한 관계에 있다는 사실을 다시 한 번 인식하는 계기가 되었다.

"북 디자이너는 책을 만드는 요리사라고 할 수 있어요. 재료를 가지런히 썰고 익히고 소금으로 간을 해 맛있어 보이게 그릇에 담는 것이 요리인 것처럼, 원고를 읽고, 사진이나 일러스트, 서체를 독자가 보기 좋게, 아름답게 만들어 완성하는 것이 바로 북 디자인이니까요."

그녀의 디자인 이야기에 귀를 기울이다 보면, 나도 요리를 어

떤 식으로 만들어 어떤 그릇에 담을지, 계절감과 음식 재료의 색감, 먹는 사람의 기분을 어떻게 고려할지 등을 더욱 궁리해보게 된다.

"똑같은 감자라도 아기 이유식인지, 어른을 위한 반찬인지, 환자를 위한 병원식인지에 따라 쓰는 방법, 조리법이 다르잖아요? 책도 독자의 연령이나 취향에 따라 사진이나 일러스트, 디자인, 제본 방식, 크기 등 모든 게 달라져요."

"소문난 요리는 몸에 좋은 것은 물론이고 맛과 모양도 완벽하죠. 완성도가 높은 책은 디자인도 우수하지만 읽기도 쉬워요.

두근거림과 행복함이 느껴지는 진수성찬 같은 책, 거기다 몸에도 좋은 건강 요리 같은 책을 만들려니까 정말 어렵고 힘들 때가 많아요. 그래도요, 그런 책이 한 사람의 인생을 바꾸고 새로운 인생을 사는 계기를 마련해줄 수도 있다고 생각하면 이 일을 그만둘 수가 없어요."

요리가 좀 더 맛있어지는 레시피를 생각하는 것이 나의 일이라면 책의 훌륭한 내용을 더 돋보이게 하는 디자인을 고민하는 것이 지선 씨의 일이다. 얼핏 관계없는 일처럼 보여도, 서로 공통점이 있다. 나는 내가 먹고 싶은, 만들고 싶은 요리만이 아니라 사람들이 보편적으로 좋아할 요리도 만들어내야 한다. 지선 씨는 자기 스스로 만족할 만한 디자인뿐만 아니라 사람들이 호감을 보이고 사고 싶어할 디자인도 해야 한다. 나는 지선 씨의 디자인에 대한 정열과 지식을 배우고, 지선 씨는 나의 음식에 대한 끝없는 호기심과 탐구심에 자극을 받는다. 책 만들기와 요리 만들기, 참 많이 닮았다.

그리고 우리에겐 또 다른 공통점이 있다. 꿈을 가졌다는 것. 지금 지선 씨에게는 꿈이 있다. 나에게도 작지만 꿈이 있다. 그 꿈 중에는 그녀와 함께 책을 만들고 싶다는 꿈도 있다. 지선 씨의 디자인과 나의 요리가 합쳐지면, 분명 세상 어디에도 없는, 반짝반짝 빛나는 요리 책이 만들어질 것이다.

"히데코 선생님의 요리를 먹으면 행복이 차오르면서 마음속 아픔이 치유돼요. 사람들 사이의 소통도 원만해지는 것 같고요. 이런 치유와 소통을 통해 요리 교실 학생들이 각자 '자신의 색'을 발견해가는 것 같아요."

지선 씨로부터 이런 칭찬을 받았을 때 나는, 셰프의 딸인 나도 '나의 색'을 찾아봐야겠다는 생각을 했다. 나이가 들어도 마음만은 십 대, 이십 대처럼 끊임없이 꿈을 품고 살아가자. 나의 색을 찾아보자.

달차지근한 추억

동네 이웃이자 구르메 레브쿠헨 학생인 에스더. 그녀의 집 현관에는 에스더의 어머니가 시집올 때 가지고 온 가늘고 긴 새우젓 항아리가 우산꽂이 대신 놓여 있다. 그 오래된 물건을 인테리어 소품으로 활용하는 에스더의 감각이 놀랍다. 오랜 시간 항아리를 깨뜨리지 않고 소중히 보관해 물려준 어머니의 정성도. 그 정성을 닮았는지 에스더는 그릇에 대한 관심도, 그릇을 대하는 자세도 남다르다.

　"설거지하는 방식을 보면 그 사람이 어떤 가정교육을 받았는지 알 수 있어요."

　"그런가요? 하긴, 수업 시간에 학생들에게 설거지를 시켜보면 그 사람의 성격이 보이는 것 같아요."

　"맛도 그래요. 어떤 식으로, 어떤 기분으로 요리했는지가 맛에 드러나잖아요?"

　나도 이 말에 동감이다.

　"접시 한 장을 살 때도 저는 어떤 마음으로 사는지를 중요하게 생각해요. 하지만 아무리 비싸고 애지중지하는 접시라도, 결국 접시는 접시예요. 자주 쓰이지 않으면 아무 의미가 없어요."

우리 부모님과 똑같은 말을 하는 에스더다.

"그래서 저는 새 그릇을 사고 싶은데 보관할 장소가 없어서 낡은 그릇을 처분하게 되면, 제가 소중히 사용했던 그릇을 아끼고 사랑해줄 사람에게 선물해요."

에스더의 부엌 찬장, 싱크대 아래 서랍에는 세계 각지의 식기와 냄비가 가득 들어 있어, 문을 열면 앞으로 쏟아질 정도다. 마음에 드는 식기는 아무리 비싸도 자주 쓴다는 그녀, 나의 레시피로 만든 요리도 한 번쯤은 그 식기에 담아주었겠지? 갑자기 궁금해진다.

에스더는 여덟 살 난 딸의 엄마이기도 하다. 다섯 아이들을 키워가며 남편의 일을 도왔던 에스더의 엄마는 딸과 많은 시간을 함께 보내지는 못했다고 한다. 그래서일까, 가만 보면 그녀는 외동딸에게 지극하게 정성을 쏟는다.

"오늘 저녁 요리는 당근이랑 브로콜리랑 소고기야. 요 당근으로 무얼 만들 수 있을까?"

요리를 할 때면 딸도 엄마 옆에서 신이 나 뛰어다닌다. 하지만 에스더는 "바쁘니까 저리 가 있어"라고 야단치지 않고, 하나하나의 음식 재료가 어떻게 요리로 만들어지는지 아이와 함께 즐기려고 노력하는 훌륭한 엄마다. 그녀는 혼자서 식사할 때나 외동딸과 둘이서 식사할 때도 반드시 식탁 매트를 깔고 잘 갖춰놓는다. 스스로를 아끼고 대접하는 방법을 잘 알고, 그것을 실천하며 딸에게도 가르치고 있는 것이다.

에스더는 이십 대 무렵 학교와 직장 때문에 오륙 년간 도쿄에서 살았다고 한다. 그래서 나와는 일본어로도 잘 통한다. 우리는 둘 다 성격이 급한 탓에 서로 일본어와 한국어를 섞어가며 이야기하는데, 주변 사람들이 들으면 도대체 알아들을 수 없을 정도일 것이다. 게다가 빈티지 식기나 냄비, 좋은 가정용품에 대한 이야기를 할 때면 에스더는 말이 더욱 빨라진다.

에스더는 유명 브랜드의 냄비나 식기를 수집하지만, 오직 수집만을 목적으로 하는 컬렉터들과는 조금 다르다. 그녀는 자신에게 가치 있거나 의미 있는 냄비나 식기가 손에 들어오면 '모으기'를 일단 중단한다. 한 제품을 여러 색깔, 다른 형태, 다양한 크기로 수집하지도 않는다. 그녀는 인터넷 사이트나 컬렉터들의 블로그, 베를린, 뉴욕, 파리, 홍콩에 사는 지인들을 통해 원하는 물건을 손에 넣는다. 가끔 그녀의 집에 놀러 가면, 국내는 물론 해외에서 배송된 단단히 포장된 상자가 현관 앞에 산처럼 쌓여 있는 광경을 볼 수 있다. 나처럼 평범한 컬렉터와는 규모가 다르다.

에스더는 비교적 초창기부터 구르메 레브쿠헨에 다녔다. 그녀가 수업에 참가하고 얼마 지나지 않아, 어느 날 마침 그 자리에 있던 누가 별 뜻 없이 물었다.

"에스더 씨는 결혼 전에 무슨 일 하셨어요?"

"무역이요."

"정말요? 우리가 아는 그 무역 말이에요?"

양파를 다지며 그녀들의 대화에 귀를 기울이고 있던 나는 고등학교 세계사 수업 시간에 선생님이 칠판에 적어주었던 '삼각무역'이라는 단어가 느닷없이 떠올랐다. 에스더의 입에서 나온 '무역'이라는 단어가 왠지 모르게 이국적으로 느껴졌다.

에스더의 '무역'은, 나중에 정확히 알게 된 바로는 자신의 마음에 드는 세계 각지의 물건들을 수입해 파는 것이었다. 작은 가게를 운영하면서 자신의 특별한 감각과 훌륭한 물건을 찾아내는 동물적인 직감을 최대한 살려 '좋은 물건'을 구하고, 사람들에게 전해주려 했다. 보물을 세간에 알린다는 보람도 느꼈으리라.

그 후, '무역'이라는 말이 우리 사이에서 때때로 화제가 되었다.

"최근에 에스더 씨가 무역으로 독일에서 로젠탈 티 세트를 주문했대요. 다음에 다 같이 차 마시러 가야겠어요."

"요전에 에스더 씨가 토마토 공동 구매하자고 전화해서, 한 상자 받아봤는데 진짜 달고 맛있었어요! 역시 에스더 씨는 달라요. 무역도 그렇지만 공동 구매에도 달인이라니까요."

그 말을 듣고 나도 에스더에게 전화해서 아직 토마토를 공동 구매할 수 있는지 물어보았다. 살 사람을 좀 더 모으면 싸게 해줄지도 모른다고 해서, 수업할 때 공동 구매한 토마토를 듬뿍 넣어 요리 교실 학생들에게 맛을 보여주었다. 그랬더니 그 후로 주문이 쇄도했고, 지나치게 열심히 공동 구매에 매진한 에스더는 며칠 몸살이 났다고 한다.

에스더의 공동 구매 품목은 토마토뿐만이 아니었다. 무슨 산 어딘가에 사는 할머니가 직접 산초나무 열매를 채집해 만든 산초 가루, 또 다른 할머니가 감을 항아리에서 숙성시켜 만든 감식초, 결혼 전 사업차 알게 된 아르헨티나 파타고니아 지방의 소금, 쿠바의 유기농 설탕, 이러저러해서 훌륭한 우유를 생산한다는 목장의 우유와 요구르트, 잘 아는 제주도 해녀가 직접 채집해 서울까지 직송해주는 전복과 성게, 부산의 수제 오뎅,……. 전부 기억나진 않지만 이보다 훨씬 많았던 것만은 분명하다.

"공동 구매하지 않을래요?"

에스더의 이 말 덕분에 몸에 좋고 안전한 먹을거리를 기억하지 못할 정도로 많이 알게 되었다. 그녀는 언제나 원산지에 대해 자세히 설명해준다. 푸드 마일리지 값이 큰, 머나먼 곳에서 운반

되어 오는 소금과 설탕이지만 일단 요리에 넣어보니 평소와 똑같은 방법으로 만든 국에서 감칠맛이 나고 파운드케이크의 단맛도 깊어진 듯했다. 그전까지는 나도 음식 재료에 나름대로 고집이 있다고 자부했는데, 에스더는 대체 어디서 어떻게 이런 정보를 얻는 것일까. 정말 궁금하다.

일본에서 살았을 때, 그녀는 일본인 친구들에게 한국 음식을 자주 만들어주었다고 한다. 그러다 요리의 즐거움을 깨달았고, '무역'을 위해 세계를 돌아다니며 뛰어난 감각과 미각까지 몸에 익혔다. 하지만 지금의 에스더가 있기까지는 누구보다도 그녀의 부모님의 영향이 컸던 것 같다. 고추장을 비롯한 모든 장류를 반드시 제철 재료로 정성을 담아 직접 담근 어머니, 그리고 음식에 대한 아련하고 달착지근한 추억을 남겨준 아버지.

대개 "채소가 좋아요"라고 하면 당근, 셀러리, 가지가 좋다는 의미일 때가 많지만, 에스더는 도라지나 고사리같이 쓴맛 나는 나물이 좋다고 한다. 일본요리 재료로도 자주 쓰이는 고사리는 어린 시절 친정엄마가 간장으로 양념해 무쳐주시곤 했다. 하지만 내 젓가락은 그쪽으로는 거의 움직이지 않았다. 외갓집이 있는 나가노 현縣은 사방이 산으로 둘러싸여 있어 산나물이 흔하다. 가족과 함께 외갓집으로 놀러 갈 때는 특급열차를 탔는데, 그 특급열차 역에서 파는 도시락 중 '요코가와 솥밥 도시락'이 유명

했다. 나는 그 도시락을 먹을 때마다 고사리를 남겼던 기억이 있다. 고사리의 쓴맛이 싫었다. 하지만 에스더의 어머니는 분명 고사리가 가장 맛있는 계절에 정성을 담아 고사리 나물을 만들어 아이들에게 자연스레 맛보여주셨겠지.

에스더는 힘들어서 현기증이 난다고 불평해가면서도 김치를 직접 담근다.

"적어도 배추 서른 포기 정도는 담가야 김치 맛이 제대로 나요. 다 함께 으쌰으쌰 하고 담그는 거예요. 어렸을 때부터 집에서 김장을 하면 항상 도와드렸어요. 김장의 즐거움을 몸으로 익혔다고나 할까요. 김치 담그는 거 재미있어요."

"그럼 보통 때는 안 담가요?"

"한두 포기 정도 담가서는 맛이 안 나니까, 어쩔 수 없이 사거나 시어머니나 엄마한테 받아요."

에스더라면 김치를 맛있게 담그는 비법을 알려줄 거라고 생각했는데, 약간 실망했다. 물론 나도 한국에 와서 궁중 김치도 배우고 주변에서 김장을 할 때 어깨너머로 보기도 했다. 시어머니도 일본에서 시집온 며느리에게 열심히 김치 담그는 법을 가르쳐주셨다. 한국에서 생활한 지도 이제 이십 년이 다 되어가지만, 오이소박이와 열무김치, 겉절이 정도는 집에서 담가도 왠지 평소에 제일 많이 먹는 배추김치는 담그기 힘들다. 어릴 때 즐겁게 김장을 도운 기억이 없는 나는, 아무리 한국에서 오래 살아도 김치 속을 제대로 버무린 맛있는 배추김치의 깊은 맛, 먼 옛날에 대한 그리움이 묻어나는 추억의 맛을 낼 수 없을 것이다. 그렇기 때문에 에스더처럼 김장이 즐겁게 느껴지지 않는 것일지도. 그래, 다음번 김장은 그녀와 함께 담가봐야겠다. 김장이 즐거워질지도 모른다.

동대문에서 크게 사업을 하셨던 에스더의 아버지는, 지금은 돌아가셨지만 살아 계실 때는 노력을 아끼지 않고 맛있는 음식을 찾아다니며 즐기셨다. 에스더가 어렸을 적에는 아버지가 아침 일찍 논두렁에서 참게를 한가득 잡아 오시곤 했다고 한다.

"어느 날 아빠가 참게가 산더미처럼 든 양동이를 짊어지고 오셨어요. 엄마가 그걸 큰 대야에 옮겨 담고는 마당에서 철벙철벙 씻었지요. 그러고는 간장 양념을 만들 준비를 하셨죠. 그사이 생생하게 살아 있는 참게들이 대야 밖으로 튀어나오려고 하는 바람에, 형제들이 모두 달려들어 참게를 한 마리씩 실로 묶어서 달아나지 못하게 했어요."

달아나는 참게를 필사적으로 잡아 실로 묶는 어린 에스더를 상상해본다. 꺅, 꺅, 비명을 질러가면서도 무척 즐거웠겠지. 도망가려는 참게들이 불쌍하면서도, 맛있게 삭은 에스더 어머니표 간장 게장의 맛을 상상하자 침이 고인다.

"가을이 되면 아빠가 마당에 모닥불을 피워놓았어요. 그러고는 근처 시장 떡집 아주머니께 우리 집에서 수수팥떡을 찧어달라고 부탁하시는 거예요. 그러면 아주머니가 우리 집 마당에서 수수팥떡을 둥글게 뭉쳐서 모닥불 위에서 구워주셨어요."

갓 찧은 수수팥떡이라니, 대체 어떤 맛일까. 게다가 모닥불에 떡을 굽다니, 분명 구수하고 맛있었을 테지. 머릿속을 가득 채우고 있던 간장 게장의 맛이 구수한 수수팥떡의 맛으로 바뀐다.

"참, 도넛도 있었지! 도넛 장수도 마당에 부르셨어요. 마당에 모닥불을 피우고 휴대용 가스레인지를 켜요. 그러면 도넛 장수 아저씨가 직접 들고 오신 큰 튀김 냄비에 꽈배기를 튀겨주시는 거예요. 갓 튀긴 꽈배기를 그 자리에서 설탕을 잔뜩 묻혀서 후후 입김을 불어가며 먹어요."

종로에 새로 치킨집이 생겼을 때, 에스더의 아버지는 공장에서 쓰는 트럭에 에스더를 포함한 다섯 아이들을 모두 태웠다. 그리고 '프라이드치킨'이라는 음식을 처음으로 맛보여주었다. 그때만 해도 프라이드치킨이 한국에서 유행하기 전이었다고 하니 아이들이 얼마나 신이 났을지. 내가 어릴 적 처음 먹었던 프라이드치킨은 유치원에 매일 도시락 반찬으로 싸 갔던, 엄마가 만든 닭튀김이었다. 같은 프라이드치킨인데도 거기 아로새겨진 기억과 풍경, 그리운 추억의 맛이 제각각 다르다.

에스더가 들려준 얘기가 내게는 마치 판타지 동화처럼 느껴진다. 도넛도 수수팥떡도 프라이드치킨도 다 아는 음식인데도, 에스더 이야기 속에서 전혀 다른 음식으로 재탄생한다. 아마도 자그마했을 종로의 치킨집. 그곳에서 그녀가 다른 형제자매들과 함께 앉아 갓 튀긴 프라이드치킨을 행복하게 먹는 풍경을 떠올려본다. 내 마음까지 따끈따끈해진다.

도예가의 카르보나라

studio Gallery

달그락

사러가 슈퍼와 우리 집 사이에는 막걸리병이 늘 산더미처럼 쌓여 있는, 상점인지 창고인지 모를 건물이 있었다. 요리 교실이 어느 정도 자리를 잡았을 무렵, 갑자기 막걸리병들이 사라졌다. 며칠 뒤에는, 도자기 접시에 '달그락'이라는 파란색 글자가 쓰인 간판이 그 건물에 걸렸다. 슈퍼에서 돌아오는 길에 안 보는 척하며 슬쩍 훔쳐보니, 한 여성이 네 평 정도의 작은 공간에 비좁게 놓인 나무 테이블 위에서 묵묵히 무언가를 만들고 있었다. 정면이 통유리로 되어 있어 안쪽에 있는 사람의 움직임이 잘 보였다. 호기심이 생기긴 했지만 통유리에 얼굴을 갖다댄 채 안을 계속 엿보기가 부끄러웠다.

아무래도 도예가의 공방 같았다. 디너 접시, 빵 접시, 파스타 접시, 수프 접시, 종지, 밥그릇, 커피 잔까지. 음식 재료를 사러 슈퍼에 가다 보면 하루에 한 번은 꼭 공방 앞을 지났다. 도예가 혼자 작업하고 있을 때도 있는가 하면, 도예를 배우러 온 학생처럼 보이는 사람들이 무척 즐거운 듯 함께 작업하는 모습도 통유리 너머로 보였다. 나는 그릇을 고르고 쓰느라 고심한 적이 여러 번 있었지만 직접 그릇을 만들어볼 생각은 한 번도 못했기에 공방

도예가의 카르보나라

안으로 발을 내딛을 용기가 안 났다.

어느 날, 에스더가 낯익은 한국인 한 명을 수업에 데려왔다.

"도예가 안정윤 선생님이에요. 얼마 전 우리 집 근처에 도예 공방을 여셨어요."

나는 곧바로 알아보았다. 공방 앞을 지날 때면 언제나 반쯤 동경하는 마음으로 그녀의 모습을 훔쳐보곤 했으니까. 구르메 레브쿠헨에 와주다니, 나는 무척 흥분했다. 그런데 하필이면 안 선생님이 참여한 그날 수업은 학생이 모두 일본인이었다. 안 선생님은 일본어를 모르고 다른 학생들은 한국어를 몰라, 서로 대화를 나눌 수 없었다. 에스더가 중간에서 통역을 해주었지만 안 선생님은 계속 안절부절못하는 모습이었다. 수업 내내 거의 한 마디도 하지 못하다가 풀 죽은 모습으로 돌아가는 안 선생님을 배웅하며 미안한 마음이 들었다. 이제 요리 교실에 다시 오지 않겠지, 이런 걱정도 되었다.

며칠 후 에스더에게서 전화가 걸려왔다.

"전에 소개한 안 선생님이랑 새로운 반을 하나 만들려고 하는데 어떠세요? 학생들을 모아볼게요."

그리하여 안 선생님이 참여하는 새로운 반이 생겼다. 첫 수업에서는 나도 약간 긴장한다. 게다가 안 선생님까지 오신다니 괜찮을까. 불안해하고 있는 내 앞에 지난번 모습과 전혀 달라진

안 선생님과 함께 형형색색의 옷을 걸친 도예가들이 나타났다. 이렇게 쾌활한 사람들이 또 어디 있을까. 학생들의 분위기에 완전히 휘말려 나는 첫 수업에서 무엇을 가르쳤는지조차 잊어버렸다.

그 뒤로는 동경의 대상이던 안 선생님의 공방에도 가벼운 마음으로 들를 수 있게 되었다. 슈퍼에 갔다 돌아오는 길이면 늘상 공방에 불이 켜져 있는지 확인하고, 안 선생님이 공방에 있으면 왠지 든든했다. 종종 공방에서 요리 교실 학생들과 함께 요리를 만들고 편의점에서 캔 맥주를 사 와 작은 파티도 열었다. 물레나 가마, 흙 등이 비좁게 놓인 작은 공방 안, 최소한의 기능만 갖추어진 자그마한 부엌에서 함께 요리하고, 한가운데 놓인 커다란 작업대 겸 테이블에 다 같이 둘러앉아 식사를 하면 얼마나 즐거웠는지. 독일 유학 시절, 식당에서 각국 유학생들과 함께 손짓발짓으로 소통하며 음식을 만들던 때로 돌아간 것만 같았다.

나는 요리할 메뉴를 정한 다음 거기에 어울리는 음식 재료가 있는지 냉장고를 뒤지고, 적당한 재료가 없으면 어떤 재료를 살지 이것저것 생각하고 결정해 사러 갈 때가 가장 즐겁다. 생각해 둔 재료가 가게에 없으면, 가게에 있는 것 가운데 가장 맛있어 보이는 재료로 대담하게 바꾼다. 좁은 공방 부엌에서는 여러 요리를 한꺼번에 만들 수가 없기 때문에 샐러드 정도는 내가 집 냉장고 안에 있는 재료로 적당히 만들어 갈 때도 있다. 하지만 메인 요리는 안 선생님이 공방의 작은 냉장고에 있는 재료를 보고 직접 정한다. 재료가 부족하면 누군가 가까운 슈퍼에 사러 간다. 고등학생 때부터 친구가 집에 놀러 오면 스스로 냉장고를 뒤져 적당히 만들어 대접하기를 즐겼다는 안 선생님. 공방의 작디작은 냉장고에서 얼마 안 되는 재료를 꺼내어, 휙휙 솜씨 좋게 요리를 만든다.

공방에서 여러 종류의 음식을 먹었지만, 냉장고 속에 있던 가지와 마늘을 올리브유로 익혀, 삶은 파스타와 함께 섞은 간단한 요리가 가장 인상에 남는다. 공방 테이블을 조리대 삼아 모두 함께 마늘을 잘게 다지고 가지를 둥글게 썬다. 누군가는 파스타를 삶는다. 안 선생님은 프라이팬에 재료를 재빨리 익힌다. 삼분 카레를 데우는 정도로 짧은 시간에, 이렇게나 맛있는 파스타 요리가 완성될 줄이야. 파스타는 나도 자주 만드는 요리고, 심지어 요리 교실 메뉴에도 있다. 유명한 이탈리안 셰프가 만든 비싼 파스타를 먹어본 적도 있다. 하지만 안 선생님표 가지와 마늘 파스타의 매력에 견줄 만한 것은 없었다. 그런데 이렇게 매력적인 파스타를 만드는 안 선생님도, 요리 교실에서 봉골레와 카르보나라를 배웠다.

봉골레^{vongole}는, 바지락과 대합 등 조개류를 의미하는 봉골라

vongola의 복수형이다. 요리 교실에서는 토마토소스를 쓰지 않는 봉골레 비안코를 만든다. 간단한 파스타지만, 어떻게 손질해야 조갯살이 통통해지는지, 어떤 화이트 와인을 쓰면 좀 더 맛있어지는지, 긴 면은 어느 정도 삶아야 하는지 등 비법이 꽤 많다.

요리 교실의 카르보나라는 한국 이탈리안 레스토랑에서는 잘 찾아볼 수 없는 정통 카르보나라다. 생크림이 듬뿍 들어가는 흔한 카르보나라에 비하면 조리법도 아주 간단하다. 신선한 달걀노른자, 생크림, 파르메산 치즈, 바삭바삭하게 구운 베이컨, 소금, 검은 후춧가루. 재료는 이뿐이다. 단, 모든 재료가 신선해야만 좋은 맛이 난다. 후추도 직접 갈지 않으면 진정한 카르보나라의 맛을 내기가 어렵다. 후추 갈이랑 통후추를 사러 가야 하는데, 우리 동네 슈퍼엔 이탈리아산 파르메산 치즈가 없던데, 생크림이 다 떨어졌는데…… 이런 상황이 빈번히 일어나는 의외로 귀찮은 파스타 요리이기도 하다.

'이런 간단한 레시피로 수업을 해도 될까?'

망설이면서 카르보나라 수업을 했을 때다. 볼에 달걀노른자, 생크림, 파르메산 치즈를 넣고 섞은 후 스파게티 삶은 물을 약간 넣고, 거기에 갓 삶은 스파게티를 넣어 재빨리 섞자 학생들이 일제히 술렁거렸다.

"우아, 이렇게 간단한 요리가 있다니! 새로운 발견인데요!"

그 가운데서도 안 선생님은 유달리 흥분하며 카르보나라가 완성되는 모습을 기대에 찬 눈빛으로 바라보고 있었다. 그리고 카르보나라는 안 선생님의 요리 목록에 추가되었다.

며칠 후 저녁, 백열등 빛이 새어나오는 공방 앞을 지나는데 통유리 너머로 따스한 풍경이 보였다. 커다란 공방 테이블 위에 안 선생님의 독창적인 채소 샐러드가 놓여 있고, 바삭바삭한 베이컨으로 장식된 카르보나라가 일 인분씩 담긴 안 선생님의 파스타 접시가 대여섯 개 늘어놓여 있었다. 그 주위로 바게트를 자르거나 포크를 놓으며 왔다 갔다 하는 사람들의 모습이 보였다. 해질 녘 깔린 옅은 어둠 사이로 흘러나오는 불빛 때문인지, 공방의 풍경이 평소보다 한층 더 즐겁게 보였다. 한편으로는 그 안에 속하지 못한 내가 어쩐지 외롭게 느껴졌다. 어린 시절, 독일에서 살다가 일본의 섬마을로 와서 중학생이 되도록 나를 낯설게 대하는 친구들 사이에서 섞이지 못한 채 따돌림 당한다고 느끼고 풀죽었던 사춘기 시절이 떠올랐다. 그때 공방 앞을 지나며 우연히 본 그 광경은 계속 내 마음에 남았다.

접시와 찻잔을 만드는 안 선생님에게 요리란 어떤 의미인지 물어본 적이 있다.

"내 손으로 만든 요리를 재료 하나하나를 떠올려가며 음미할 때는 이런 기분이 들어요. 아, 내가 살아 있구나……. 아무리 맛

있고 비싼 레스토랑에서 식사를 해도 이런 기분은 느낄 수 없어요."

공방까지 찾아온 손님에게는 공방 근처 가게에서 밥을 사는 것보다, 작은 냉장고에 있는 대단찮은 재료로 간단한 요리라도 만들어 대접하고 싶다는 안 선생님. 이제는 고향 서울을 떠나 남편의 고향이자 일터인 경상남도 합천으로 이사를 한다. 그곳에 커다란 가마를 만들어놓고 도예에 전념할 예정이다. 슈퍼에서 돌아오는 길, 공방에 들러 잠시 숨을 돌리는 나만의 즐거움은 이제 없겠지만, 요리를 담았을 때 한층 매력이 꽃피는 안 선생님의 도자기가 차례차례 가마에서 나오는 광경을 상상하면, 벌써부터 마음이 따뜻해진다.

한 번쯤 도예에 도전해보고 싶은 마음도 있었지만 용기도 안 나고 마음의 여유도 없어서 결국 안 선생님께 도예를 배우지 못했다. '가까운 데 있으니 좀 더 여유가 생기면……' 하고 여유를 부렸다. 아, 그러고 보니 안 선생님이 만든 카르보나라도 먹고 싶었는데. 하지만 이제 공방에 안 선생님은 없다.

맛보다 이야기

하숙집 아주머니의 내공

어느 날 해물 파에야를 가르칠 때다.

"이거 마요네즈랑 비슷해요. 어릴 때 어머니랑 항상 같이 만들었어요. 마요네즈가 귀할 때라서, 손님 오신다고 하면 어머니가 막자사발에 달걀노른자랑 식용유를 넣고 섞어 마요네즈를 만들어 감자 샐러드 만드는 데 넣었거든요."

해물 파에야에 곁들일 알리올리 소스를 개며 윤정진 아주머니가 그리운 듯 말했다. 마요네즈는 슈퍼에서 사는 것이지 집에서 직접 만드는 거라고는 생각해본 적도 없을 젊은 학생들이 조금 놀란 표정으로 서로 바라본다. 나도 순간, 아주머니의 소녀 시절 모습을 떠올리며 혼자 이런저런 상상을 했다.

'어릴 때라면 1940년대, 아니면 50년대? 전쟁도 있었고 한국이 어려웠을 때 아닌가? 굉장히 세련된 환경에서 자라셨나 보네……'

스페인 카탈루냐 지방과 프랑스 프로방스 지방의 대표적인 소스인 알리올리 소스는 마늘, 달걀노른자, 올리브유, 소금, 후추, 레몬 즙을 섞어 만드는 마요네즈와 비슷한 소스다. 스페인에서는 주로 파에야에 곁들여 먹는 경우가 많은데, 지중해에 접한 카탈

루냐 지방의 레스토랑에서는 전채 요리나 빵에 발라 먹는 소스로 함께 나오기도 한다. 바르셀로나에 살던 무렵, 나는 칼소타다 calçotada, 대파와 비슷한 채소인 칼솟을 숯불에 구운 음식나 숯불에 구운 양 갈비를 알리올리 소스에 찍어 먹는 것을 매우 좋아했다.

프로방스 지방에서는 신선한 생채소나 삶은 채소를 알리올리 소스에 찍어 먹거나 부야베스 bouillabaisse, 프로방스 지방의 전통 요리로 해물 수프의 일종에 곁들인다. 원래는 마늘과 올리브유만으로 유화시켜 만들어야 하지만, 시간도 걸리고 실패할 확률도 높아 달걀노른자를 섞는다.

윤정진 아주머니는 구르메 레브쿠헨의 첫 수업 때 알리올리 소스를 만들었다. 나는 파에야 냄비에 쌀을 넣고 육수를 부은 뒤 가스레인지에 올리고 늘 그랬듯이 알리올리 소스용 막자사발을 꺼냈다. 양손에 가득 찰 만큼 큰 노란색 막자사발과 끝이 둥근 나무 막자가 모습을 드러내자 모두들 일제히 외쳤다.

"선생님, 이거 없으면 알리올리 소스 못 만들어요?"

"어디서 살 수 있어요?"

이십 년 전, 바르셀로나를 떠날 때 시장 구석에서 사 와, 지금도 소중히 쓰는 물건이다. 한국 요리에 쓰이는 마늘 찧는 막자와는 생김새가 조금 다르다. 하지만 세계 여러 나라를 여행했다는 윤정진 아주머니는 그 막자사발이 그다지 신기하지 않다는 듯,

다진 마늘 + 달걀노른자 + 올리브유 = 알리올리 소스

내가 막자사발에 저민 마늘을 넣고 막자로 마늘을 으깨고 달걀 노른자를 하나 넣은 후 섞는 모습을 그저 지켜보고만 있었다. 마늘과 달걀노른자를 섞으면서 엑스트라 버진 올리브유를 조금씩 넣고 막자를 한 방향으로 움직여 섞기 시작하자, 갑자기 아주머니가 말했다.

"내가 할게요."

아주머니는 익숙한 손놀림으로 알리올리 소스를 만들기 시작했다. 그리고 어린 시절 어머니와 함께 마요네즈를 만들던 이야기, 집에 손님을 초대했던 이야기 등 좋았던 옛 시절을 이야기하기 시작했다. 그 이야기가 불러일으키는 묘한 향수에 감싸여 모두들 귀를 기울였다.

어린 시절부터 연마한 덕분인지 아주머니는 눈 깜짝할 사이에 알리올리 소스를 완성했다. 수업 중에 이 소스를 만들 때면 도구와 작업 과정이 평범하지 않아 학생 모두가 조금씩 만들기에 동참하는데, 그날은 윤정진 아주머니만의 알리올리 소스가 되어버렸다.

"이제 곧 일흔이에요."

시식을 하면서 아주머니가 학생들에게 말했다. 사실 아주머니와 나의 인연은 오래되었다. 십팔 년 전 답답한 대학 기숙사를 나와 하숙할 곳을 찾아 헤매는데, 친한 일본인 친구가 아주머니의 하숙집을 소개해주었다. 나에게 있어서 윤정진 아주머니는 요리 교실에 다니는 나이 많은 학생이 아니라 '신세 진 게 많은 하숙집 아주머니'에 더 가깝다. 남편과 결혼하면서 하숙집을 나온 이후에도 결혼식이나 큰아들 백일 등 중요한 날에는 반드시 아주머니를 초대했다. 가늘지만 길게 이어져온 인연이다.

아주머니의 하숙집은 당시로서는 드물었지만 지금은 보편화된 원룸 형태였다. 여덟 평이 안 되는 크기의 방에 화장실과 손바닥만 한 부엌이 딸린 구조였다. 요리를 할 수 있다는 점과 방마다 화장실이 있다는 점에서 외국인 유학생들에게 인기가 있었다. 연희동에 이사 오기 전까지 초등학교 선생님이었다는 아주머니는 유창한 일본어 실력을 갖추고 있었다. 그 때문인지 아주머니의 하숙집에는 한국에 온 지 얼마 되지 않아 한국어를 못하는 일본 학생이나 신문사 연수생 들이 많았다. 나도 독립한 이후 쭉 자취를 하다가 이제 와 남이 만든 밥을 먹으려니 어색했는데, 마침 이곳을 발견했던 것이다.

한국 생활 이 년째였던 나는 간단한 일상 회화 정도는 할 수 있었기 때문에, 아주머니와 금방 마음을 터놓고 지내게 되었다. 익숙지 않은 한국에서 고생하는 일본인 하숙생을 아주머니가 상담해줄 때는 통역을 맡기도 했고, 나도 무언가 상담할 일이 있을 때는 아주머니를 찾았다. 그렇게 아주머니의 원룸에서 이 년이나 머물렀다. 아주머니는 사십 대 때 큰 병에 걸린 적이 있어 건강에는 남들보다 배로 신경을 썼다. 그러면서도 일 층부터 삼 층까지의 복도 청소부터 가족 뒤치다꺼리를 도맡아 했고, 수영, 수묵화, 도예 등 취미 생활도 열심이었다. 아주머니 집이 있는 사 층에서 일 층까지 계단을 오르락내리락하는 발걸음 소리가 하루에도 몇 번이나 들려왔다.

하지만 주말에 내 방에 친구들을 잔뜩 불러놓고 다 함께 맛있는 음식을 만들어 파티를 할 때는 아주머니께 아무 말씀도 드리지 않았다. 사 층에 음식을 나누어 드리지도 않았다. "파티를 하려고 하는데……"라는 말을 이상하게도 쉽게 꺼낼 수가 없었다. 마치 엄마의 시선이 신경 쓰이는 것처럼. 그 무렵은 친구들과 함께 밥을 만들긴 했어도 누군가를 위해 더 만들어야겠다거나 나누어주어야겠다는 생각까지는 못했던 탓도 있다. 그때는 그 정도의 마음의 여유가 없었다.

첫 책이 나와 아주머니께 선물해드렸더니, 다 읽으시고는 자신의 집에서 멀지 않은 구르메 레브쿠헨에 찾아오셨다.

"이 책을 읽고 나카가와 씨한테 속은 기분이었어요. 왜 아버지가 프랑스 요리 셰프라는 사실, 나카가와 씨가 요리를 매우 좋아해서 그때 하숙집에서 맛있는 음식을 많이 만들었다는 사실을 알려주지 않았어요? 남편도 깜짝 놀랐대요. 충격이었지 뭐예요."

첫 수업 때 아주머니가 한 말이다. 그 말을 듣고 나도 내심 깜짝 놀랐다. 단지 이십 대 때 나는 아버지가 요리사라는 사실이 싫었고, 나 자신이 요리의 길을 걸을 거라는 생각 역시 추호도 없었다. 하지만 이런 사실을 아주머니께 어떻게 설명하면 좋을지, 할 말을 찾을 수 없었다.

하숙집을 떠나기 직전, 아주머니께서 사 층에서 함께 밥을 먹자고 하셨다. 한 번쯤 놀러 가보고 싶었던 곳, 조금 동경하기도

하숙집 아주머니의 내공

했던 사 층으로 초대를 받자 나는 뛸 듯이 기뻤다. 그때 먹은 소고기와 계란, 꽈리고추 장조림 맛은 지금도 잊을 수 없다. 이런 얘기를 하고 싶었는데, 그때는 왠지 부끄러워서 말을 꺼내지 못했다. 우리 아이들이 아주 좋아하는 반찬인 장조림을 만들 때는 아주머니의 장조림 맛을 떠올린다는 사실도…….

지금도 아주머니는 변함없이 인생을 즐기며 자신의 꿈과 목표를 하나씩 이루어가고 있다. 내가 하숙생이던 무렵 취미로 시작한 수묵화와 도예 실력도 크게 발전해 지금은 개인전을 열기도 하고 학생들을 가르치기도 한다. 아주머니의 삶의 방식은 정말 멋지다. 삶과 함께 쌓인 사려 깊고 폭넓은 지혜를 인생 후배인 우리에게 아무렇지도 않게 가르쳐주시기도 한다. 틀림없이 요리 솜씨도 보통 이상일 것이다. 가족이 모이는 주말이면 구르메 레브쿠헨에서 배운 파에야와 차슈를 반드시 만들어본다고 한다.

윤정진 아주머니네 반은 이제 이 년째를 맞이했다. 매월 첫째 주 금요일 오전이면 아주머니는 구르메 레브쿠헨이 있는 언덕까지 헉헉 숨을 가쁘게 몰아쉬며 올라온다. 삼사십 대인 다른 학생들에게 아주머니는 엄마 같은 존재이자 인생의 대선배이며, 요리를 통해 무언가를 함께 느끼는 친구이기도 하다. 함께 만들고, 먹고, 시간을 같이 보내면서, 그리고 먹는 기쁨을 공유하면서 우리는 긴 시간의 공백도 스스럼없이 메꿔버리는 것 같다.

하숙집 아주머니의 내공

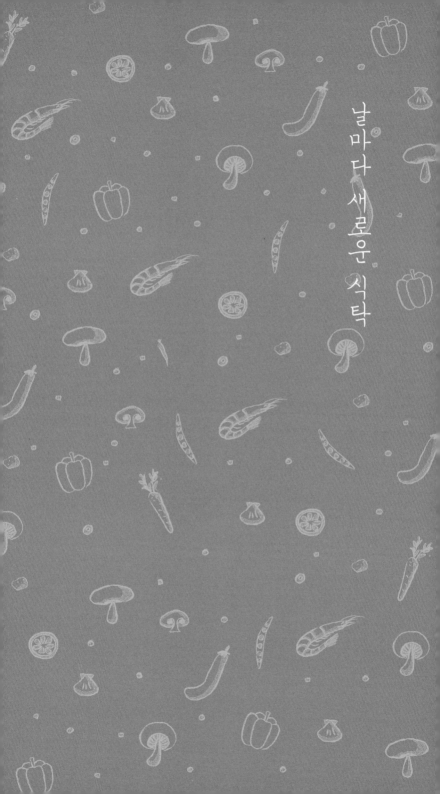

날마다 새로운 식탁

꿈꾸는 피터팬

연희동에는 '피터팬'이라는 오래된 빵집이 있다. 이곳 말고도 오래된 빵집이 연희동에 몇 군데 더 있지만, 내 입맛에는 피터팬의 바게트가 가장 맛있어서 언제나 이곳에서 빵을 산다.

피터팬의 바게트는 겉껍질이 센베이처럼 바삭바삭하고 적당히 짭조름하다. 이전에는 바게트 속에 구멍이 숭숭 뚫려 있어 서걱서걱 잘리는 느낌이 약간 불만이었는데, 언제부턴가 그 점도 개선되었다. 지금은 속이 꽉 차 있을 뿐 아니라 식감도 푹신푹신하고 부드럽다. 피터팬 바게트의 짭조름한 맛은 바르셀로나에서 살던 시절, 매일 아침 식사로 먹을 크루아상이나 데니시를 사면서 하나씩 같이 사곤 했던 바게트를 떠올리게 한다.

삼십 년도 더 된 이 빵집은 1990년대 초반 유학생이었던 내게는 '없어서는 안 될' 빵집이었다. 정신적으로 힘들었던 그 시절, 나는 바게트를 사러 가며 작은 위안을 얻었다. 그 무렵 서울에는 본고장의 바게트와 모양과 맛이 비슷한 바게트를 만드는 빵집이 거의 없었다. 그래서 아주 가끔씩 시내의 오성급 호텔 베이커리를 찾아가거나, 빵을 좋아했던 한국인 친구가 알려준 강남의 김영모 과자점, 홍대입구의 리치몬드 제과점으로 빵을 사러 갔다.

꿈꾸는 피터팬

그리고 하숙집 근처에는 바로 이곳, 피터팬이 있었다. 바게트, 독일에서 자주 먹었던 호밀 빵, 데니시 등 맛있는 빵이 주는 위안 때문에 빵집 순례는 끝도 없이 계속되었다. 대학원 공부와 일본어 강사 일로 바쁜 가운데 부린 작은 여유였다.

주변 슈퍼나 편의점에서 마주앙같이 달콤한 독일식 와인 정도만 팔던 그 무렵, 누군가의 하숙집에서 와인 파티가 있다는 말을 들으면 연희 삼거리의 피터팬에 들러 바게트를 하나 사서 선물로 들고 가곤 했다. 그때 다녔던 서울의 빵집 중 대부분은 빵맛이 변했거나 문을 닫았다. 하지만 피터팬은 지금도 기대를 저버리지 않고 맛있는 바게트를 만들어준다.

몇 년 전 연희동에서 다시 살기 시작한 다음부터 그때처럼 빈번히 연희 삼거리의 피터팬을 찾게 되었다. 특히 스페인과 지중해 요리를 중심으로 하는 구르메 레브쿠헨을 시작하고부터는 피터팬으로 바게트를 사러 가는 것이 거의 일과가 되었다. 바빠서 직접 가지 못할 때는 아들에게 심부름을 시켜서라도 다음 날 수업에 필요한 바게트를 반드시 준비해둔다. 최근에는 사러가 슈퍼에 피터팬 2호점이 생겨 뻔질나게 드나들기 시작했다.

"선생님, 어서 오세요! 오늘 신은 황록색 스타킹 멋진데요!"

2호점은 본점 사장님의 아들이 운영하고 있다. 2호점 사장님은 바게트를 봉지에 담으면서 언제나 기분 좋은 한마디를 인사

에 덧붙인다. 귀찮게 여기는 사람도 있겠지만, 나는 즐겁다. 요리
교실에서 쓸 바게트나 가족이 먹을 식빵만 사면 되는데, 좋아하
는 황록색 스타킹을 칭찬받고는 그만, 집 냉장고에 데니시나 팥
빵이 고이 모셔져 있는데도 빵을 더 사곤 한다.

매일 빵을 사러 드나들면서, 싹싹한 2호점 사장님과 격의 없
이 수다를 떨며 그의 인생을 슬쩍 엿본다. 2호점 사장님은 빵을
못 만든다. 하지만 억지로 가업을 잇고 있는 느낌은 아니다. 내
멋대로 하는 상상에 불과할지도 모르겠지만, 가게에 있는 그의
모습을 보면 이 일에 대한 애정이 느껴진다. 한편으로는 아버지

가 프랑스 요리 셰프인데도 데미그라스 소스프랑스 요리에서 유래된 진한 갈색 소스를 제대로 만들지 못하는 나와 처지가 비슷해 친근감도 느껴진다. 동네 빵집으로는 큰 규모에 속하는 피터팬을 운영해온 부모님은, 제빵사, 파티시에, 가게 직원들과 함께 가게에서 이른 아침부터 밤늦게까지 일하셨다고 한다. 집보다 가게에 있는 시간이 길 정도였다.

"어렸을 때 엄마가 만들어준 밥은 기억 안 나는데, 어쨌든 집에 늘 빵이 산처럼 쌓여 있던 건 기억나요. 저랑 여동생을 못 돌봐주시니까 불쌍해서 가게 빵을 가져오신 거죠."

'엄마의 맛'을 모른 채 성장했다는 2호점 사장님. 하지만 그렇다고 해서 과연 가여운 어린 시절이라고 할 수 있을까. 산처럼 쌓인 빵에 둘러싸여 자란 사장님은, 주말이면 부모님이 평일보다 더 바쁘셨던 탓에 할머니 집에서 밥을 먹었다고 한다. 등교 전 아침 대신 언제나 빵을 먹는 게 버릇이 되어서, 주말에 할머니가 만들어주는 전형적인 고봉밥은 먹기가 힘들었다. 조기 구이, 김치, 나물에도 전혀 젓가락을 대려 하지 않는 손자를 보다 못한 할머니는 프라이팬에 피터팬 빵을 노릇노릇 구운 뒤 설탕을 뿌려 할머니표 토스트를 만들어주었다. 피터팬 빵 맛에 길들여진 손자를 위해 시행착오를 거치며 만들어낸 결과물이었다.

"'엄마의 맛'은 잘 모르겠지만요, 설탕 뿌린 토스트는 '할머니의 맛'이었어요. 버터 같은 세련된 물건이 그때 할머니 집에 있었을 리 없고 아마 식용유로 빵을 구워주셨겠죠. 어쨌든 엄마가 만든 반찬은 하나도 기억이 안 나는데 할머니표 토스트는 지금도 기억나요."

요리사의 길을 가라고 권한 부모님에게 반발해 요리와 전혀 관계없는 길을 선택했던 열여덟 살의 나처럼, 열여덟 살의 피터팬 빵집 아들도 제빵사나 요리사의 길을 권하는 아버지를 설득해 중국 상하이에 있는 대학에 입학했다.

"어차피 빵집을 이어받을 거였다면, 그때 요리나 제빵 학교에 가지 그랬어."

아무것도 모르는 사람들은 이렇게 쉽게 말할지도 모른다. 멀리 돌아온 시간이 아깝다고 여길 수도 있다. 하지만 과연 그럴까?

사장님에게는 할머니표 토스트에 이어 잊을 수 없는 맛이 하나 더 있다. 바로 중국요리나 동남아시아 요리에 약방에 감초처럼 등장하는 고수 잎이다. 고등학교를 졸업한 후 곧바로 상하이의 대학에 진학한 사장님은, 길모퉁이에 있는 죽을 파는 노점에서 처음으로 고수를 먹었다. 충격적인 맛이었다. 말로는 다 표현할 수 없는 고수의 향과 맛. 그는 그 뒤로 유학 기간 내내 고수의 매력에 사로잡혀 고수가 들어간 요리만을 찾아 먹었다. 음식에 고수를 듬뿍 넣는 베트남, 인도, 타이, 캄보디아를 여행하며 나라

마다 고수를 어떻게 요리에 활용하는지를 관찰하기도 했다.

상하이에서 고수를 알게 된 후, 사장님은 '맛있는 요리를 먹고 싶다'는 욕구보다는 '새로운 요리를 먹고 싶다'는 욕구가 더 커졌다고 한다. 대학 졸업 후에는 한국에서는 여간해선 체험할 수 없는 남아메리카의 맛을 직접 느끼고 싶어 여행을 떠나기도 했다.

"요리는 도전! 먹는다는 것은 새로운 것에 도전하는 거예요."

할머니표 설탕 토스트로부터 시작된 맛 여행을, 사장님은 앞으로도 쭉 계속할 것 같다.

참, 사장님은 몇 달 전부터 구르메 레브쿠헨에 다니고 있다. 처음에는 매일같이 바게트를 사러 오는 내가 그 바게트를 대체 어디다 쓰는지 궁금해서 요리 교실에 나오기 시작했다고 한다. 그러다가 나중에는, 빵을 직접 굽지는 않더라도 빵 맛이나 새로운 빵 개발에 대해 직원들과 의논해나가기 위해서는 자신도 요리를 할 줄 알아야겠다는 생각을 하게 되었다. 그래서 빵집 폐점 시간을 어떻게든 맞추어 한 달에 한 번, 저녁 수업에 참가하고 있다.

요리 교실에서 배운 요리가 피터팬 빵에 어떤 영향을 미칠까? 내 요리의 맛이 피터팬 빵의 맛을 변화시킬지, 사장님이 내 요리의 맛도 피터팬 빵의 맛도 아닌 자신만의 맛을 개발하게 될지 아직은 알 수 없다. 하지만 언제나 새로운 요리에 도전하고자 하는 사장님의 가슴은 지금도 두근두근 뛰고 있으리라.

현
모
양
처
들
의 속
내

봄나물이 제철인 무렵이었다.

"참나물은 간장이랑 들깻가루로 무쳐요. 참, 고추장이랑도 잘 어울려요. 물론 다진 마늘이랑 대파에 감식초랑 설탕 조금 섞고요. 아, 참기름도요."

"취나물은 된장이죠. 시래기도 된장에 무치면 맛있어요."

내가 개발한 레시피에 대한 대화가 아니라 벌써 사 년 가까이 구르메 레브쿠헨에 다니고 있는 주부들의 대화다. 수현 엄마의 설명이 이어지자, 나머지 학생들은 그녀의 레시피를 필사적으로 듣는다. 나는 그 옆에서 수업 메뉴인 고모쿠오코와五目おこわ, 다섯 가지 재료를 넣어 만든 찰밥에 넣을 당근을 묵묵히 혼자 채썬다.

그날 수업 메뉴 중에는 봄나물인 돌나물을 자몽과 햇양파와 함께 버무린 반찬이 있었다. 깨끗이 씻어 물기를 털어낸 돌나물이 테이블 위에 등장하자 수현 엄마가 갑자기 봄나물을 맛있게 먹는 방법에 대해 자랑스레 설명하기 시작했다.

당근에 이어 우엉을 손질하던 나도, 어느새 귀에 쏙쏙 들어오는 수현 엄마의 얘기에 점점 귀를 기울이게 되었다. 마침 그때는 슈퍼나 시장에 가면 산나물이라고 해야 할지 푸성귀라고 해야 할

현모양처들의 속내

지 헷갈리는, 마치 들판에 돋아난 잡초처럼 보이는 푸르고 신선한 채소가 열댓 종류는 나와 있을 무렵이었다. 학생들은 그날의 메뉴인 찜통 샤브샤브, 자몽과 햇양파로 버무린 일본식 돌나물무침, 고모쿠오코와, 가지와 오이 절임, 브로콜리 케이크 살레^{cake salé, 프랑스 가정 요리로 짠맛이 나는 케이크}보다도 수현 엄마의 나물 레시피에 훨씬 더 군침이 도는 표정이었다. 이래서야 요리 선생님이 학생들을 볼 면목이 없지 않나!

"이제 요리라면 지겨워 죽겠어요."

수현 엄마는 언제나 이렇게 입버릇처럼 말한다. 신혼 때부터 시어머니와 줄곧 함께 살면서 가족의 식탁을 혼자 책임져온 수현 엄마의 속마음이다. 하지만 이렇게 푸념을 늘어놓으면서도, 수현 엄마는 가족 모두에게 든든한 아침 식사를 먹이려고 매일 아침 누구보다도 빨리 일어난다. 당뇨 기미가 보이는 남편의 건강을 위해, 다이어트 중인 딸들을 위해, 그리고 나이 든 시어머니의 입맛에도 맞춰가며 가지, 고구마순, 도라지 등 각종 제철 나물을 재빠르게 만들어 아침상을 차린다. 친정어머니가 담근 다양한 김치도 언제나 식사에 곁들이고, 딸이 원하면 아침부터 삼겹살도 구워준다.

그러고 보니 우리 엄마도 "아침밥은 특별히 영양을 고려해서 여러 음식 재료를 골고루 먹을 수 있도록 만들어야 한단다. 아침

식사는 특히 거르면 안 돼"라고 입버릇처럼 말씀하셨다. 수현 엄마 같은 주부들로부터 아침 상차림 이야기를 듣고 나면, 일 때문에 바쁘다는 둥, 밤늦도록 원고를 썼다는 둥 변명하며 아침 식사를 잘 챙기지 못한 것이 하루 종일 마음에 걸린다. 남편과 한창 잘 먹을 때인 두 아들에게 미안한 마음이 든다. 그래서 '내일 아침에는, 우리 엄마나 수현 엄마처럼 제대로 된 아침 식사를 차려줘야지!' 하고 결심하고는, 곧바로 냉장고를 확인한다. 그날은 요리 교실에서 쓸 재료를 사면서, 수현 엄마가 열심히 설명했던 취나물 레시피를 떠올리며 취나물도 함께 샀다.

그러나 평소에도 잘 하지 않는 일을 애써 하려 했으니 잘될 리가 없다. 비닐봉지 속의 취나물은 냉장고 채소 칸에서 미아가 되어 일주일 후 몽땅 시든 모습으로 발견되었다.

이런 일도 있었다. 어느 여름날 오후, 저녁 찬거리를 사러 오는 손님들의 발걸음이 뜸해질 즈음 사러가 슈퍼에서 수현 엄마와 우연히 마주쳤다. 다음 날 아침상에 올릴 나물을 사러 왔다는 그녀의 쇼핑 카트를 엿보니, 몸에 좋아 보이는 건강한 재료가 가득했다. 마침 가지가 보이길래 나는 물었다.

"아, 가지나물 하시려나 봐요?"

"아니에요. 나물 할 때처럼 익혀서 껍질 벗긴 뒤에 오이냉국처럼 가지 냉국 만들어보려고요. 간단해요. 선생님도 만들어봐요!"

신기한 레시피를 들으면 곧장 만들고 싶어지는 나는, 수현 엄마의 '손쉽게 만들 수 있다'는 말에 현혹되어 예정에 없던 가지를 한 봉지 샀다.

'미역은 집에 있고, 깨도 늘 냉장고에 있으니까 가지만 있으면 나도 만들 수 있겠다.'

이렇게 간단히 생각했다. 하지만 나는 여태껏 맛있는 오이냉국을 만들어본 적이 없다. 여름이 되면 입맛이 없어져, 아침 식사나 저녁 식사 때 차가운 오이냉국이 먹고 싶어진다. 그래서 주변 한국인 친구들에게 몇 번이나 레시피를 물어보았지만, 모두들 '손쉽게' 만들 수 있는 레시피를 '적당히' 가르쳐준다. 한국 가정 요리 책을 참고해가며 오이냉국에 도전해보았지만, '한국의 맛'은 나지 않았다.

'내가 담근 김치에서도 제대로 된 한국의 맛이 나지 않더니…… 한국에서 태어나지 않은 내가 한국의 맛을 내는 건 아무래도 어려운 일일까?'

이런 생각에, 갑자기 한국 요리에 대한 자신감이 없어졌던 기억도 있다. 오이냉국은 바로 그런 요리인 것이다. 당연히 나의 첫 가지 냉국은 맛이 없었다.

"이십 년 가까이 시어머니와 같이 살았는데도, 조금도 마음이 편안해지지 않아요."

수현 엄마는 요리 교실에서 가끔 이런 말을 한다. 나는 그녀의 속마음을 조금 이해할 수 있었다. 나도 만약 수현 엄마처럼 시어머니와 오랜 시간을 함께 살았다면 비슷한 기분을 느꼈을지도 모른다. 수현 엄마는 요리 교실에 오면, 다른 누구보다도 더 수다에 열중한다. 주로 그녀가 잘 만드는 나물 레시피, 딸들의 학업, 남편과의 미국 여행 등이 화제로 오르는데 그사이 간주곡처럼 같이 사는 시어머니에 대한 불만이 흘러나오곤 한다. 활기찬 수다 가운데 가끔 터져나오는 그녀의 한숨과 투정은 내 마음속에 깊이 각인되었다.

현모양처들의 속내

　'요리 교실에서 배운 요리를 식구들한테 만들어주면, 색다른 메뉴라고 칭찬해주겠지?'

　수현 엄마는 이런 기대를 어렴풋이 했다고 한다. 그러나 몇 번 만들어줬다가 이러쿵저러쿵 불평만 듣고 말았다. 가족의 칭찬만을 기대하고 만든 음식이었는데. 그래서인지 최근에는 요리 교실 메뉴를 집에서 만들지 않는 것 같다. 나는 내 레시피에 문제가 있는 건 아닐까 걱정돼서, 수현 엄마가 속한 반 수업 메뉴를 한국인 입맛에 맞는 퓨전 요리로 바꿔볼까 고민한 적도 있다.

　결혼 후에도 내가 원하는 것을 나름대로 관철해가며 살아온 나는, 결코 '현모양처'가 아니었고 지금도 불량 엄마다. 하지만 수현 엄마와 함께 요리를 배우는 주부들은 모두 오십 대를 눈앞에 둔 대표적인 한국의 엄마들이자 현모양처들이다. 그런데 이들 가운데 심리적 갈등을 겪고 있는 사람은 수현 엄마만이 아니다. 구르메 레브쿠헨에서 함께 요리를 만들고 식사를 하며 나누는 두서없는 수다 속에서 그녀들은 가끔 속마음을 내비친다. 중학생 딸의 고등학교 진학 문제, 대학생 아들이 사귀는 여자 친구, 고 삼이거나 재수 중인 아이의 장래, 남편의 건강, 나이 들어가는 친정엄마 이야기가 어지럽게 뒤섞이는 가운데 누가 먼저 시작했는지도 알 수 없게 흘러나온 복잡한 속마음.

날이 저물 무렵, "오늘은 뭐했어?"라고 무심히 묻는 남편의 전화, 대낮에 "엄마, 뭐하고 있어요?"라고 묻는 딸의 전화. 정말 별것 아닌 질문인데도, 아무것도 대답할 거리가 없는 자신이 무력한 인간처럼 느껴져서 마음속으로 깊이 상처를 받았다고 한다.

일을 그만두지 않았다면 좋았을걸 하는 후회, 드러낼 수도 숨길 수도 없는 고부 갈등, 이 세대는 이렇게 우울함을 앓고 있다. 신혼 때 김장을 도우러 시댁에 가면 칭찬은 고사하고 잔소리를 들은 기억밖에 없어서 이십 년이 지난 지금도 김장을 생각하면 스트레스가 쌓이지만, 한편으로는 김장 같은 한국의 전통을 지켜나가야 한다는 책임감도 갖고 있다. 또한, 시어머니에게 받은 아픈 상처를 딸들에게 대물림하고 싶지는 않지만, 구세대의 관습을 완전히 버리는 것 또한 잘못된 일이라고 말한다.

"내가 지금부터 무얼 할 수 있을까?"

이는 비단 사회에 첫발을 내딛는 젊은이들만의 고민이 아니다. 수현 엄마 같은 어머니들도 자신의 인생에 대해 고민하며, 새로운 길을 찾고 있다.

함께 구르메 레브쿠헨에 다니는 수현 엄마의 친구 혜승 엄마가 도예를 배우기 시작했다.

"혜승 엄마가 그릇 굽고 수현 엄마가 나물이랑 장아찌를 만들어서 팔면 되겠네요."

"마케팅이랑 유통이 문제예요."

"우선 요리 선생님 댁에 오는 학생들에게 팔아보고, 반응이 좋으면 백화점에 진출하면 되죠!"

"인터넷으로 팔아도 되잖아요."

모두들 반쯤 농담 삼아 대화를 주고받았다. 아이디어를 내며 눈을 반짝이면서. 그녀들은 오늘도 간장, 된장, 고추장, 다진 마늘과 대파, 참깨, 참기름, 매실청에 애정과 정열을 함께 버무려 식탁을 차려내겠지. 단조로운 세 끼 식사지만, 호화롭지 않아도 괜찮다. 매일 같은 일을 계속하는 것만으로도 이미 훌륭하니까.

케이크 굽는 원장 선생님

오 년 전 이야기다. 갓 구운 레몬 파운드케이크 두 개를 봉투에 담아 큰아들 정훈이가 다니는 수학 학원에 선물했다.

'시간만 있으면 좀 더 맛있는 걸 만들 텐데……'

돈으로는 살 수 없는 진심을 준 분들께는 아무리 바빠도 정성이 담긴 선물을 보내고 싶다. 그래서 짬이 날 때 파운드케이크나 피클을 만들어 선물한다.

레몬 즙과 껍질이 가득 든 레몬 파운드케이크는 바쁠 때 만들어도 절대 실패하는 법이 없고, 누구라도 맛있게 먹을 수 있다. 버터, 설탕, 달걀, 밀가루를 각각 일 파운드씩 넣어 만드는 케이크라서 파운드케이크라고 불리게 되었는데, 프랑스에서는 사 분의 사라는 의미의 카트르카르quatre-quarts라고도 불린다. 옛날 아버지께 양과자 만드는 법을 처음 전수받았을 때, 쿠키 다음으로 배운 것이 파운드케이크였다. 아버지도 종종 선물해야 한다며 파운드케이크를 한 번에 네 개씩 구우시곤 했다.

그때 배운 아버지의 레시피를 보니, 오렌지 껍질과 레몬 껍질, 아몬드 슬라이스, 건포도가 들어가는 고전적인 스타일의 파운드케이크다. 기본적으로 버터, 설탕, 달걀, 밀가루만 넣어도 풍미

있게 구울 수 있고, 먹을 때 잼이나 생크림을 듬뿍 얹어 먹거나 반죽에 당근이나 감자 같은 채소를 넣어도 된다. 다양하게 응용할 수 있는 셈이다. 한국에는 버터를 싫어하는 사람들이 많아서 나는 선물용으로 생레몬을 가득 넣은 산뜻한 풍미의 레몬 파운드케이크를 굽곤 한다.

그런데 이 레몬 파운드케이크를 선물받은 학원 원장 선생님이 구르메 레브쿠헨에서 다른 학원 선생님들과 함께 요리를 배우고 싶다는 뜻을 전했다. 아들이 다니는 학원의 원장 선생님이라서 처음에는 조금 망설여졌다. 게다가 학원 선생님이라면 가르치는 일에 대한 사명감이나 열정이 대단한 사람일 텐데 과연 요리에 특별한 관심을 기울일 여유가 있을까, 학원 선생님과 요리는 서로 너무 동떨어진 세계에 있는 것 아닐까 하는 생각도 들었다.

하지만 그건 나의 선입견일 뿐이었다. 학원을 운영하고, 수많은 학생의 성적을 관리하며, 학부형들의 반응에도 신경을 써야 하는 원장 선생님에게도, 맛있는 음식을 만들어주고 싶은 가족이 있다는 새롭고도 당연한 사실을 알게 된 것이다. 또 일에서 벗어나 요리라는 다른 세계에서 마음의 휴식을 얻고 싶어한다는 사실도 함께 수업을 하면서 비로소 알게 되었다.

아이들에게 공부 노하우를 알려주는 일일 뿐만 아니라 한 사람 한 사람, 살아 있는 인간을 상대하는 일이기 때문일까. 수업

을 통해 알게 된 학원 선생님들은 모두 에너지가 넘친다. 또한 언제나 무언가를 배우려는 마음가짐이 남다르다. 평소의 근무시간은 학교 방과 후부터 밤 열 시까지. 한가로운 오전에는 심리학을 공부하거나 세미나에 가는 등, 자기 계발을 위해 시간을 활용한다고 한다. 최근에는 수업을 마치고 시식과 뒷정리를 끝내면 커피를 마시면서 독서 토론을 한다.

나도 요리 교실을 통해 다양한 사람들을 만나고 '가르치는' 일을 반복하다 보니 내 속의 어떤 것이 점점 빠져나가서 텅 빈 것 같은 공허함을 느낄 때가 있다. 그럴 때면 무언가를 배우고 싶고, 새로운 분야에 대해 알고 싶다는 지적 욕구가 강해진다. 그녀들도 나와 같은 상태였는지 모르겠다. 가르치는 일에 열정을 쏟는 사람들에게는 분명 그러한 지적 욕구가 있는 것 같다.

맛보다 이야기

그녀들에게 요리를 가르치고, 그녀들과 함께 먹으며 느낀 점이 많다.

"모두 모여 뭔가를 함께하기에 요리만큼 좋은 게 없지요. 게다가 요리는 다 같이 할 수 있는 최고의 창작인걸요."

수학 학원 원장 선생님의 말이다. 남들을 위해 요리하는 따뜻한 마음, 그 과정에서 느끼는 기쁨, 또 그 맛을 누군가와 공유하는 기쁨이 요리라는 행위에 존재한다고, 어려운 수학 문제를 풀듯이 담담하게 설명한다.

"남편은 '살기 위해 먹는가, 먹기 위해 사는가'라고 언제나 제게 물어봐요. 그 질문을 받으면 '먹는 것'이란 대체 무엇인가 다시 생각해보게 돼요."

국어 학원 원장 선생님의 말이다. 선생님의 남편은 호텔 일식당에서 셰프로 근무했고 지금은 요리 전문대학 교수다. 여섯 살난 외동딸의 엄마이기도 한 선생님은 바쁜 나날 가운데도 요리 교실에서 배운 아펠쿠헨과 차슈 등 여러 요리를 집에서 만든다고 한다.

먹을거리 교육이 중요하다는 둥, 어디 식당 어느 셰프의 요리가 맛있다는 둥, 유기농 재료를 써야 한다는 둥 운운해도, 결국은 요리를 하는 사람과 먹는 사람의 이어진 '마음'이 가장 중요하지 않을까. 먹는 기쁨을 공유하면서 우리는 남들과 이어져 있다는 안정감을 얻는다.

"구르메 레브쿠헨은 행복이 이어지는 곳이에요."

또 다른 선생님의 말이다. 이런 칭찬을 받으면, 눈물이 흔한 나는 또다시 눈시울이 붉어지려는 걸 가까스로 참는다. 바쁜 원장 선생님들이다 보니 가끔 수업에 교대로 나오기도 한다. 몇 달간 쉰 적도 있지만, 다양한 개성을 가진 원장 선생님들은 지금도 꾸준히 여러 가지 요리를 배우고 있다.

"품위 있는 맛이었어요."

원장 선생님이 나의 레몬 파운드케이크에 대해 내린 평가다. 몇 년 전 나는 그 말을 듣고 무척 기운이 났다. 내가 어렸을 적, 엄마는 "어머, 정말 품위 있는 맛이네" "아빠가 만든 소스에서는 정말 품위 있는 맛이 나지?"라는 말을 자주 하셨다. 엄마 곁에서 함께 같은 음식을 먹으며 '품위 있는 맛'이란 이런 맛이구나 하고 느꼈다. 그리고 그 맛을 혀로 음미하면서 보통의 맛 이상의 심오한 맛이라고 생각했다. 누군가에게 똑같은 칭찬을 받으니, 왠지 모르게 아버지의 맛에 가까이 가고 있다는 작은 희망을 느낄 수 있었다. 그렇게 희망과 응원을 얻으며, 나도 원장 선생님들도 삼년 넘게 함께 요리를 만들고 있다.

소설가들의 저녁 식사

매달 있는 수업은 아니다. 저마다 일이 바빠서, 두세 달 전에 수업 날짜를 정한다. 하지만 깜빡 잊는 사람은 없다. 그리고 약속한 날 오후 네 시가 되면, 맛있는 저녁 식사를 기대하며 사람들이 하나둘 모여든다.

평소에는 소설가라 불리는 사람들이지만 이 시간만은 요리사가 된다. 그런데 이들은 요리를 배운다기보다, '저녁 식사 준비'를 하기 위해 구르메 레브쿠헨에 오는 것 같다. 그리고 요리 선생님인 나는, 그들의 저녁 식사 준비를 지휘한다. 언제나 혼자 자기 작업에만 몰두하는 이들이 내 지휘에 따라 '함께' 요리를 만든다.

내가 아는 바로는, 여섯 명 중 두 사람만이 구르메 레브쿠헨에서 배운 요리를 직접 만들어 먹는다. 나머지 학생들은 어떤 식으로 구르메 레브쿠헨의 요리를 복습하는지 모르겠다. 보통 학생들은 요리를 배운 다음 집에서 만들어보려다 잘 안 되면 나에게 가볍게 전화나 문자를 해 물어본다. 하지만 이 소설가 여섯 명은 지금까지 한 번도 그런 연락을 해온 적이 없다. 벌써 일 년 가까이 이 수업이 이어져왔는데, 주방에 오븐이 있는 학생이 거의 없다는 사실도 최근에야 알게 되었다. 역시 연희동이라는 서울의 구석진 곳까지 찾아오는 이유는, 요리를 배우기 위해서가 아니라 저녁 식사를 준비하기 위해서인 것 같다.

소설가들이 요리 교실에 다니고 싶어한다는 사실을 알았을 때, 나는 조금 두근거렸다. 구르메 레브쿠헨의 학생인 어느 동화작가가 소개해준 사람들인데, 그녀의 말에 따르면 '이름이 꽤 알려진' 작가 여섯 명이라고 했다. 하지만 문자로 그들의 이름을 전송받았을 때 내가 아는 이름은 하나밖에 없었다.

"흠, 학교 다닐 때 한국인보다 더 열심히 한글 공부를 했는데, 요즘 주목받는 소설가 이름도 잘 모르다니⋯⋯."

나는 어릴 적부터 책을 매우 좋아했지만 소설은 잘 읽지 않았다. 대학에서는 '외국어 학부 독일어학과'였는데, 삼 학년 때 독일어학과 독일 문학 중 주전공을 선택해야 했다. 나는 망설이지 않고 주전공을 독일어학, 부전공을 국제 관계학으로 정했다. 독일에서 유학하는 동안에도 독일어 소설, 특히 현대 독일 소설에는 관심이 없었다. 전혀 안 읽은 것은 아니지만, 내 상황과 비슷한 이야기나 감동적인 이야기 정도만 읽었다. 한국에서도 인기가 높은 무라카미 하루키의 소설도 한국의 지인들로부터 "하루키 읽었어? 어땠어?"라는 질문을 하도 많이 받아서, 도쿄의 서점이 아닌 서울의 서점에서 샀을 정도다. 일본에서도 굉장한 베스트셀러였던 『상실의 시대』 역시 잘 몰랐다. "어째서 베스트셀러가 된 걸까, 잘 모르겠네" "사실은 한국에서 처음 샀어"라는 말은 남들에게 하지 않았지만. 이과도 아닌 문과, 게다가 문학과 가까운 학과에 들어갔지만, 소설과는 먼 길을 선택한 내가 소설을 이해하는 능력을 갖추지 못한 인간처럼 느껴질 때마저 있었다.

이렇게 소설과는 친하지 않았지만 소설가라는 직업에 대해서는 언제나 환상 같은 것이 있었다. 그래서인지 담배를 한 손에 들고 요리 교실로 들어와 쌀쌀맞은 눈빛으로 "이런 데서 요리를 하는군" 하고 냉정하게 말하는 소설가의 모습이 자꾸만 떠올라 걱정이 되었다. 이런 쓸데없는 생각으로 평소보다 안절부절못하며 첫 수업을 맞이했다.

하지만 첫날 모인 소설가들은 내 예상과 달랐다. 한국에서 '틀림없는 예술가'로 보일 남성 한 사람만을 제외하면 모두 평범한 여성이었다. 너무 평범한 나머지 조금 당황스러울 정도였다.

드디어 첫 수업이 시작되었다.

"앞치마는 반드시 준비해야 해요."

이들을 소개해준 동화 작가가 미리 전해준 대로 모두 각자의 앞치마를 꺼내 들었다. 저들도 평소와는 조금 다른, 두근거리는 기분이겠지, 하고 생각했다.

그들과의 첫 저녁 식사는 해물 파에야와 스페인식 토르티야였다. 소설을 쓰는 사람이라도 매일 먹는 밥은 스스로 만들어 먹

흠···
요리 교실이란
이런 곳이군요!

기 마련인지, 상상 밖으로 요리가 척척 완성되어갔다. 소설을 쓰기 위해 낯선 외국에서 머무르기도 하고, 외국 대학에 객원 교수로 초빙되어 간 경험도 있어서인지 파에야나 토르티야가 어느 나라의 어떤 요리인지 다들 알고 있었고, 해외에서 한두 번 먹어본 적도 있다고들 했다. 여섯 작가는 각자 자신이 할 수 있는 작업에 묵묵히 열중한다. 양파와 마늘 다지기, 파에야 재료 익히기, 마늘과 달걀노른자를 막자사발에 넣고 올리브유를 넣어가며 끊

임없이 휘저어 알리올리 소스 만들기.

이 소설가 학생들은 레시피를 메모할 때도 저마다의 개성을 드러냈다. 몇 년이나 요리 교실을 계속해왔지만, 모두들 어떤 방식으로 오자와 오역투성이인 나의 이상한 한국어 레시피를 해석해서 나름대로 정리하는지 그다지 신경 쓰지 않았다. 하지만 이들과 수업하면서, 직업에 따라서 학생마다 레시피 정리 방법이 다르다는 사실을 깨달았다.

그렇다. 소설가들은 나의 해석하기 어려운 한국어 레시피를 종이 여백에 깨끗하게 한번 정리한다. 주방 조리대 위에서 부엌칼을 움직이는 동시에, 레시피를 착착 빽빽하게 적어나간다. 글쓰는 일이 직업이니 이런 일도 당연하다는 듯. 일러스트레이터나 패션 디자이너, 인테리어 디자이너 등의 학생들은 레시피를 문자로 정리하지 않는다. 대신 그림을 그린다. 주부 경력이 긴 요리 베테랑들은 레시피를 아예 보지 않거나, 수업 시작 전에 눈으로 대충 훑어본 다음 넣어둔다.

그날의 요리가 전부 완성되었지만, 테이블에 놓인 요리를 사진으로 찍는 사람은 아무도 없다. 만들 때와 마찬가지로 모두 묵묵히 먹는다. 겸허하게, 그러나 호쾌하게 접시를 비운다. 그런 다음에야 비로소 작가들끼리의 이야기가 조용히 시작된다.

장편소설을 읽을 때처럼, 여섯 작가와의 요리 교실은 마음의 끈을 이어가는 데 시간이 조금 걸렸다. 하지만 그들과의 수업은 언제까지고 계속 이어질 것 같은 예감이 든다. 어느 날 오후 네 시, 연희동에서는 또다시 저녁 식사 준비가 시작될 것이다.

소설가들의 저녁 식사

일본 주부들의 동병상련

삼 년간 이어져온 일본인 학생 반의 마지막 수업이 있었다. 요리 교실을 하다 보면 두근거릴 정도로 새로운 만남도 있지만, 언젠가는 반드시 이별도 찾아온다. 한 달에 한 번 있는 수업이라도 삼 년간 계속하다 보면 각별한 정이 쌓이게 마련이다.

'이번 달이 마지막 수업이네.'

이런 생각을 하며 평소처럼 수업 준비를 하고 있자니, 삼 년 동안 수업하며 있었던 여러 일들이 떠올라 왠지 모르게 아쉬운 기분이 들었다.

마지막 요리 실습을 끝내고 시식을 위해 테이블로 자리를 옮겼다. 평소처럼 와인글라스에 와인을 따르고, 바게트를 자르고, 함께 만든 요리를 사진 찍은 후 각자 자리에 앉았다.

"선생님, 지금까지 감사했어요."

학생들이 미리 짠 것처럼 같이 외치며, 나에게 작은 나무 액자를 선물했다. 나무 액자 속에는 분홍색 천이 들어 있고, 요리 교실 간판에 그려진 문어가 그 속에서 춤추고 있다. 학생들이 그린 그림인 줄만 알았는데 자세히 보니 한 땀 한 땀 정성스레 자수를 놓아 만든 미니어처 간판이었다. 화려한 색채의 명주실로 수놓인 그 작품은 한국 전통 자수를 배우는 학생이 대표로 만든 것이라 했다. 나도 모르게 눈물이 날 것 같았다.

구르메 레브쿠헨에 나오는 일본인 학생 대부분은 남편의 한국 근무를 따라온 주재원 부인들이다. 서울에서 일이 년 정도 살다 일본으로 돌아가는 사람도 있지만 육 년 넘게 서울에서 사는 사람도 많다. 남편이 전근 오는 바람에 생각지도 못했던 한국에서 살게 된 일본 주부들은, 일본에서는 시간 여유가 없어서 실천에 옮기지 못했던 취미 생활을 하는 데 열중하곤 한다. 한국 전통 공예 교실에 다니며 자수, 보자기, 민화, 도예, 매듭 공예 등을 배워 나에게 선물도 하고 일 년에 한 번 대규모 전시회도 연다. 바느질을 싫어하는 나는 그녀들의 정열과 작품에 감탄할 뿐이다.

'일본에 돌아가면 다들 한국 요리를 만들어달라고 할 테니, 하나 정도는 만들 줄 알아야 곤란하지 않겠지?'

이런 생각에 한국 요리 교실에도 다닌다. 한국 전통 공예 한두 가지는 기본으로 배우면서 말이다. 그 와중에 짬을 내어 구르메 레브쿠헨에도 나온다.

주로 삼사십 대가 많은 일본인 학생들은 결혼 전에 요리를 배웠는지, 아니면 가정교육을 그렇게 받았는지는 모르겠지만 요리 교실에서 요리를 배우는 자세나 노하우가 확실히 몸에 배어 있는 것 같다. 일본에서는 이들의 부모 세대 때부터 개인 요리 교실

이 많이 보급되었다. 일본의 요리 교실에서는 수강생 각자가 앞치마, 행주, 때로는 자기 집에서 쓰는 익숙한 부엌칼까지 가져오는 경우가 흔하다. 그래서인지 한국에서 만나는 일본인 학생들은 내가 별다른 말을 하지 않아도 첫 수업 때부터 앞치마와 행주를 가지고 온다.

이 학생들은 매달, 일본인들이 비교적 많이 사는 동부이촌동에서 함께 택시를 타고 연희동으로 온다. 거리로 따지자면 그리 멀지 않은 연희동이지만 불안한 마음에 택시를 타고 오는 것이다. 처음 몇 번은 이들을 태운 택시 기사님이 찾기 힘든 우리 집까지 오는 길을 나에게 전화로 묻기도 했다. 그러면 한국어가 뜻대로 되지 않는 그녀들이 잘 도착하도록, 나도 필사적으로 기사님께 오는 길을 설명한다.

'일본에서도 배울 수 있는 스페인 요리를 왜 한국에서 배울까?'

의아한 마음에 몇 번인가 물어본 적이 있다. 그들은 입소문으로 이 연희동 요리 교실을 알게 되었다고 한다. 스페인의 대표 요리인 파에야를 배우고 싶은 마음도 있었지만, 한국에서 한국인과 결혼하여 이십 년 가까이 살아온 나에게서 한국 요리 재료의 활용법이나 육아법, 맛집 등 한국 생활에 관한 여러 가지 정보를 얻고 싶다는 마음도 컸던 것 같다.

학생들은 요리 교실에서 평소처럼 양파를 다지고, 파이 반죽을 만들고, 파에야 냄비를 휘저으면서 말도 제대로 통하지 않는 한국 생활과 좁은 일본인 사회의 인간관계 등 평소 쌓인 여러 가지 스트레스를 수다로 해소한다. 그러면서도 차례로 쌓이는 그릇들을 어느 틈에 누가 먼저랄 것도 없이 모조리 설거지한다.

"음식을 만드는 사람은 설거지도 제대로 할 줄 알아야 해. 요리할 때 쓴 조리 도구는 개수대에 쌓아두지 말고, 요리하는 틈틈이 씻어둬야지."

"부엌칼이랑 도마를 쓰면 반드시 그때그때 씻어둘 것. 개수대에 부엌칼이 있으면 다음에 쓰는 사람이 다칠 수도 있으니까!"

아버지가 나에게 입이 닳도록 하신 말씀이다. 소위 요리 전문 학교에 가면, 설거지를 포함한 뒷정리도 수업의 일환으로 의무적으로 시키고, 그 태도나 결과를 점수에 반영한다. 요리인으로서의 기본 자세이니 취미로 다니는 개인 요리 교실에서도 이러한 점은 학생들에게 알려주어야겠다고 평소 생각하고 있었는데, 이 학생들은 알려주지 않아도 몸이 이미 배어 있으니 고마울 따름이다.

결혼 생활에 적응하고 아이를 돌보다 보니 십 년이라는 시간이 훌쩍 지나갔다. 개인적인 시간이 거의 없었으니 서울에 사는 일본인과도 교류가 별로 없었다. 요리 교실을 시작하고 일본인들이 요리 교실에 찾아오기 시작하자, 나는 아마존강 유역의 열대우림 깊숙한 곳에 혼자 살다가 갑자기 다른 인간을 만난 듯한 느낌이 들었다. 갑자기 내 앞에 나타난 그들을 어떻게 대해야 좋을지 몰랐다. 그 당시에는 아이들 친구 엄마나 대학의 일본어학과 학생들 등 한국인들과 주로 어울려서, 갑자기 일본인과 소통하려니 내 입에서 나오는 일본어마저도 매우 부자연스럽게 느껴졌다. 그렇다고 순수한 한국인도 아닌데. 요리를 가르치는 어려움보다 일본인인데도 일본인처럼 말하지 못하는 어려움에 답답했다.

일본 주부들의 동병상련

그런 상태로 시작된 요리 교실이었지만, 그동안을 돌아보면 학생들만큼 나도 무척 행복했다. 구르메 레브쿠헨이 한국에 있는 그녀들에게 '휴식의 장'이 되면 좋겠다고 생각했는데, 어쩌면 내가 그녀들로부터 치유받고 있었는지도 모르겠다. 미니어처 간판에 수놓인 문어를 보며 따뜻했던 그녀들과의 수다를 떠올린다.

맛보다 이야기

아 이 들 의   요 리   노 트

『엘리엇의 특별한 요리책』은 1985년 스웨덴에서 출판된 아이들을 위한 요리 책이다. 이 책의 주인공 엘리엇은 집 열쇠를 잃어버린 일을 계기로 알게 된 윗집 스텔라 할머니에게 난생처음 요리를 배우게 되고, 요리 실력이 쑥쑥 늘어간다. 요리를 잘하게 된 엘리엇은 소풍과 파티를 계획하고, 스텔라 할머니에게 요리 비법을 전수받아 친구들을 초대하기도 한다.

이 책에는 아이들도 만들 수 있는 레시피들이 소개되어 있고 그 중간중간 감자의 역사나 성분, 우유와 달걀의 생산 과정, 영양소가 체내에서 소화되는 과정, 세계의 식량 사정 등 제법 전문적인 이야기가 섞여 있다. 육십 쪽이 채 안 되는 짧은 분량이지만 어른이 읽어도 좋을, 멋진 요리 책이다.

작은아들 지훈이가 초등학교 오 학년 때 이 책을 학급 도서에서 빌려 왔다. 그런데 그 뒤로 과자나 초콜릿을 만들 때 아껴가며 썼던 네덜란드의 반호텐 코코아 분말이 점점 줄어들었다.

'요즘은 초콜릿 과자를 만든 적이 없는데, 이상하다……'

의아하게 여기던 어느 날, 밖에서 볼일을 보고 집으로 돌아오자 주방 테이블 위에 '콘플레이크와 초콜릿 무침'으로 보이는, 빈

말로라도 맛있겠다고는 할 수 없는 덩어리가 접시에 놓여 있었다.

'아, 지훈이가 범인이었구나!'

큰아들 정훈이는 먹는 행위 자체를 좋아하는 데다 배가 고프면 라면도 김치볶음밥도 계란 프라이도 직접 만들어 먹지만, 새로운 음식을 만들려고 하지는 않는다. 따라서 범인은 작은아들 지훈이밖에 없다.

학원에서 돌아오자마자 지훈이는 테이블 위의 접시를 가리키며 내게 말했다.

"엄마, 엄마! 이 과자 한번 먹어봐. 진짜 맛있어. 있잖아, 내가 책 보고 혼자 만든 거야."

"우아, 대단한걸. 어디 먹어볼까? 음, 보기엔 좀 이상하지만 정말 맛있네."

"그치? 근데 엄마 코코아 가루, 내가 많이 써버렸어. 사실은 몇 번 연습한 거야. 이거 봐, '코코아 크런치'."

"그랬구나. 무슨 책이야?"

아들이 학급 도서에서 빌려 오는 책에 그다지 신경 쓰지 않는 나는, 지훈이가 『엘리엇의 특별한 요리책』을 몇 주 동안이나 계속 읽고 있었으리라고는 생각도 못했다.

'그랬구나……'

아이들의 요리 노트

책장을 팔랑팔랑 넘기다 보니, 어른인 나도 만들어보고 싶어지는 레시피가 잔뜩 보였다. 그 후에도 지훈이는 엘리엇의 가르침대로 그 계절에 피는 꽃을 컵 바닥에 놓고 주스를 붓는 레몬을 동그랗게 썰어 뚜껑처럼 올린 요상한 주스 등 다양한 요리를 만들었다.

이 요리 책을 보고 문득 생각이 났다. 나에게도 지훈이 또래였을 무렵 애독했던 요리 책이 있다. 바로 『곰돌이 푸의 요리 교과서The Pooh Cook Book』다. 책장 한구석에서 먼지를 뒤집어쓴 채 햇빛에 바래 노르스름하게 변한 그 요리 책을 지금도 간직하고 있다. 1974년에 출판된 이 책은 원작 이야기에 따라 간식, 소풍, 점심, 저녁, 식후, 파티, 크리스마스, 음료 등으로 나뉘어 있어, 엘리엇이 가르쳐주는 요리보다 훨씬 종류가 많다. 아이들이 과연 따라 만들 수 있을까 싶은 파이와 타르트 레시피도 있다. 초등학생이었던 나는 수많은 레시피 중에서도 간단히 만들 수 있는 시나몬 토스트, 계란 샌드위치, 벌꿀을 곁들인 프렌치토스트, 매우 우울한 날을 위한 핫초콜릿 등을 자주 만들었다. 푸의 요리 책을 읽으며 다음번에는 무얼 만들까 하는 기대로 어린 내 가슴은 두근거렸다. 코코아 크런치 만드는 법을 설명하며 반짝반짝 눈을 빛내던 지훈이처럼.

'아, 아이들에게도 요리를 가르쳐보고 싶다.'

그 뒤로 이런 생각을 가끔 하게 되었다. 일본어 강사 시절, 몇 번인가 아이들에게 일본어를 가르쳐본 적이 있는데, 솔직히 고 된 일이긴 했다. 게다가 요리는 말만 하는 게 아니라 손발을 함 께 써서 가르쳐야 할 테니 훨씬 더 힘들 게 분명했다.

하지만 힘들 걸 각오하고 나니 일이 척척 진행되었다. 마침 요 리 교실에 다니는 학생 몇 명으로부터 곧 돌아올 여름방학 때 아이들에게 요리를 가르쳐줄 수 없겠냐는 부탁을 받았다. 그렇 게 초등학생 세 명과 중학생 두 명, 그리고 엘리엇의 요리 책에 푹 빠져 있던 지훈이까지 총 여섯 명으로 이루어진 아이들 반이 여름방학을 맞아 시작되었다.

아이들을 가르치려니 우선 레시피부터 고민이었다. 사실 처음 얘기가 나왔을 때 학부모들은 쿠키나 케이크 종류를 가르쳐달 라고 했다. 그러나 여름방학 동안 총 네 번으로 예정된 수업 전 부를 쿠키나 케이크로 채우자니 아쉽다는 생각이 들었다. 엄마 요리와는 다른, 언제라도 만들 수 있는 나만의 요리, 가족이 놀 랄 만한 요리를 가르칠 수 있다면 아이와 부모 모두 색다른 경 험을 할 수 있을 것이다. 이런저런 고민을 거듭한 끝에, 아이들도 간단히 만들 수 있는 메인 요리와 이에 곁들일 채소, 후식으로 이루어진 코스 요리를 가르치기로 했다. 그다음 고민거리는 틀 린 곳투성이인 내 한국어 레시피. 아이들에게 그대로 보여준다

아이들의 요리 노트

면 놀림받을 게 분명했기 때문에 지훈이에게 레시피 검토를 맡기고 종이에 인쇄해 클립보드에 끼웠다. 아이들에게는 '나만의 요리 노트'를 한 권 준비하라고 하고, 그날그날 요리 교실이 끝나면 레시피를 각자 나름대로 노트에 옮겨 적고 그림이나 사진도 넣어보라고 숙제를 냈다. 아이들에게는 귀찮은 숙제였겠지만, 시간이 흘러 어른이 된 뒤에는 소중한 추억으로 간직하게 되지 않을까.

나도 삼십 년 전 『곰돌이 푸의 요리 교과서』를 계기로 나만의 요리 노트를 만들었다. 지금도 가끔 그 노트를 보며 혼자 킥킥대며 한 장 한 장 넘기곤 한다. 소질이 없어 그림을 함께 그려넣지는 않았지만, 건과일 과자, 링 도넛, 고구마 맛탕 등의 레시피를 한 글자 한 글자 정성스레 적어놓았다. 그 옆에는 이백 그램 컵의 사 분의 삼이면 몇 그램인지 계산한 흔적이나, 다음 수업 때 누가 무엇을 준비해오면 좋을지 등 아이다운 메모가 여기저기 남아 있다.

요즘 아이들은 삼십 년 전의 나보다 솜씨가 훨씬 훌륭하다. 스마트폰이나 스마트패드로 수업 진행 과정을 촬영하기도 하고, 레시피 순서는 물론 완성된 요리를 사진으로 찍기도 한다. 주위에 디자인 제품이 넘쳐나는 덕분인지, 일러스트도 제법 잘 그려넣는다. 그렇지만 무엇보다도 아이다운 시선이 담겨 있기에 아이들

의 요리 노트는 어른의 요리 책보다 더 재미있다.

미트볼 스파게티, 찬밥을 이용해 만드는 치킨 도리아, 정통 프랑스 크레이프…… . 아이들은 여름방학 동안 열두 가지 요리를 배웠다. 애들이 하는 요리라고 해서 질이 낮은 재료를 사용할 수는 없다. 또, 어린이와 어른의 입맛을 모두 만족시킬 만한 레시피, 아이들이 쉽게 이해하고 만들 수 있는 레시피도 연구해야 했다. 이상한 한국어 발음이라고 놀림받지 않도록 말투에도 심혈을 기울였다. 그해 여름, 아이들이 지닌 엄청난 에너지로 인해 나는 기진맥진해졌다. 그렇지만 나도 아이들도 많은 것을 배울 수 있는 시간이었다.

부엌칼로 양파를 썰고, 수업 중에 교대로 조리 도구를 설거지하고……. 위험하다는 이유로, 바쁘다는 핑계로 평소에는 집에서 하지 않던 일을 하려니 아이들도 처음에는 꽤 헤맸다. 하지만 호기심 왕성한 아이들이기에 부엌칼 사용법을 제대로 알려주기만 하면 천천히 조심스레 양파를 썰어냈고, 쟁반과 볼 씻는 법을 알려주면 그대로 깨끗이 씻어놓았다.

"집에 가서 오늘 배운 요리 엄마한테 알려줄 때, 지금처럼 사용한 도구를 설거지해두면 분명 칭찬받을 거예요."

정통 크레이프 레시피도 아이들에게 가르쳤다. 어린 시절 아버지께 전수받은 비법 그대로. 크레이프는 바닥이 넓은 프라이팬에 반죽을 가능한 얇게 편 뒤, 타지 않도록 양쪽 면을 구워야 한다. 두께가 고작 일 밀리미터도 안 되기 때문에 뒤집는 과정이 가장 어렵다. 너무 얇아서 뒤집개를 쓰면 찢어지곤 해서, 나는 꼬치를 크레이프 가장자리에 슬쩍 끼운 다음 손끝으로 재빨리 뒤집는다. 아이들도 처음에는 두께를 너무 두껍게 하거나, 태우거나, 뒤집다가 망치는 등 실패를 거듭했지만, 마침내는 화력과 반죽 두께를 조절해가며 파리 거리에서 파는 노르스름하고 얇은 크레이프를 구워냈다.

"선생님! 크레이프 속에 뭘 넣어 먹어요?"

"길거리에서 딸기나 바나나, 생크림을 가득 넣어 말아 먹는 크레이프 먹어본 적 있죠? 그건 일본의 영향을 받은 크레이프예요. 하지만 오늘은 식사 대용 크레이프를 만들어볼 거예요."

"선생님, 선생님! 여기 있는 햄이랑 치즈 넣어요?"

"그래요. 자, 먼저 선생님이 시범을 보여줄게요. 이렇게 크레이프를 펼치고, 머스터드를 조금 바른 뒤 양배추, 햄, 치즈를 올린 다음 둘둘 말면 완성!"

"저는 양배추 싫어요."

"양배추를 싫어하는 사람은 빼도 괜찮아요. 그런 다음 모두가 좋아하는 생크림과 바나나, 초콜릿 소스를 뿌려요."

"선생님, 전 생크림 느끼해서 못 먹어요……."

"음, 생크림도 빼도 괜찮아요. 바나나랑 파인애플 같은 각자 좋아하는 과일을 넣고 초콜릿 소스를 뿌리면 돼요."

"야호!"

아이들의 눈은 반짝반짝 빛나고 있다. 특별할 게 하나도 없는, 흔한 레시피를 가르치고 있을 뿐인데 아이들은 자신이 지닌 모든 감각을 동원해 요리를 느끼고 배웠다. 크레이프가 익는 고소한 냄새를 코로 맡고, 잘 구워진 표면을 눈으로 확인하고, 뜨거운 감촉을 손으로 느끼고, 함께 이야기를 나누면서 돌돌 말아 완성한 크레이프 요리를 혀로 맛본다. 이렇게 오감을 통해 즐거움을 오롯이 받아들일 수 있기에, 아이들이 요리를 순수하게 좋아하는 것인지도 모른다.

지훈이가 학급 도서에서 빌려 온『엘리엇의 특별한 요리책』은 반납일이 석 달이나 밀려버렸다. 똑같은 책을 새로 두 권 사서, 빌려 온 책과 새 책 한 권을 죄송하다는 내용의 메모와 함께 학교에 반납했다. 남은 한 권은 지훈이 방 책장에 꽂아두었다. 지훈이의 서명과 문어 그림이 책에 그려져 있음은 물론이다.

중년 남자들의 새로운 발견

지금도 잊을 수 없다.

영하 이십 도 가까이 기온이 내려간 어느 토요일 저녁, 구르메 레브쿠헨 역사상 첫 '남자들의 요리 교실'이 있는 날이었다.

만화가 현태준 작가의 부인이 가끔 구르메 레브쿠헨의 요리 수업에 참여한 것이 인연이 되어 이 '남자들의 요리 교실'이 시작되었다. 남자 학생이 한두 명 섞여 있는 반도 있긴 했지만, 남자들로만 이루어진 반은 처음이었다.

'대체 부엌칼은 어느 정도 사용할 줄 아는 것일까? 한국 남자니까 라면 정도는 끓일 줄 알겠지만, 요리다운 요리를 만들 수 있을까?'

이런 불안이 마음속에서 떠나지 않았다. 아마 요리 교실이 처음일 그 남자들도, 기대보다는 불안에 찬 마음으로 구르메 레브쿠헨을 향한 언덕길을 오르지 않았을까.

'남자들의 요리 교실'은 첫 수업이 시작되기 전부터 난항을 겪었다. 보통 새로운 반이 만들어지면, 학생의 일정, 학생이 수업 시간에 만들고 싶은 요리 메뉴, 학생들의 직업과 생활 방식 등을 참고해, 선생님인 내가 수업 내용과 일정을 대략적으로 정하여 알려준다. 대부분은 그대로 문제없이 진행된다. 그런데, 현태준 작가의 주도로 이루어진 요리 교실이다 보니, 그의 의사가 많이 반영되어 '요리 교실 구르메 레브쿠헨'이 아닌 '요리 주점 구르메 레브쿠헨'이 되어버렸다.

수업 일정을 조율하는 것부터 문제였다. 토요일 오전이나 이른 오후로 수업을 잡으면, 나도 토요일 저녁 시간을 가족과 함께 보낼 수 있다. 하지만 현 작가는 이렇게 말했다.

"금요일은 거의 술 약속이 있어서, 토요일 아침부터는 힘들어요. 그리고 토요일 오후는 다들 가족과 함께 보내고요."

결국 수업 시작 시간은 저녁 여섯 시가 되었다.

다음은 메뉴.

"센세이, 니쿠쟈나캬 이야데스(선생님, 고기가 아니면 싫어요)."

"젠부 이자카야 메뉴니 시테 구다사이(전부 이자카야 메뉴로 알려주세요)."

현태준 작가는 특유의 능숙한 일본어로 이렇게 응석을 부렸다. 그래서 첫 수업 메뉴는 꼬치 튀김, 채소 롤 튀김, 양념 가지 튀김, 규동으로 정해졌다. 채소를 조금이라도 더 먹이고자 하는 희망으로, 나는 돼지고기 어깻살에 당근과 팽이버섯 등 채소를 함께 넣어 말기도 하고, 꼬치 튀김 중간에 대파를 넣기도 하고,

195

자! 술안주를 요리해 볼까요?

아~

기름에 구우면 고기 같은 부피감이 나는 가지를 메뉴에 포함시키기도 했다.

"일본에 갔을 때 먹은 요시노야 규동규동은 일본식 쇠고기 덮밥. 요시노야는 일본의 대형 음식 체인점 이름과 똑같은 규동을 먹고 싶어요."

현 작가가 조심스럽게, 그러나 끈질기게 계속 부탁하는 통에 양파를 가득 넣고 몸에 매우 안 좋을 것 같은 새빨간 수입 생강을 얹은 규동도 만들기로 했다.

그때는 이미 많은 사람들이 고기보다 채소를 찾고, 저지방 제품을 선호하며 고칼로리 음식이나 조리 방식을 피하는 추세였는데, 현 작가는 끝내 몸에 그다지 좋지 않은 것 위주의 메뉴를 고집했다. 이런 그의 식욕이 한편으로는 호쾌하게 느껴지기까지 했다. 학생의 취향이 이렇게까지 확실하다면 요리 선생님도 "배도 지나치게 부르고 혈압도 높아지니까 튀김이나 육류는 안 먹는 게 좋아요" 하며 채소 중심의 레시피를 준비하기보다는 몸에 좋지 않은 레시피를 만들기 위해 결의를 다지는 수밖에 없다.

어찌어찌해서 '요리 주점 구르메 레브쿠헨'의 시간과 메뉴가 정해졌는데, 다음 난관이 기다리고 있었다. 바로 술이다. 학생들이 요리 주점 메뉴를 기대하고 있으니, 맥주, 사케, 와인에 위스키까지 준비해두어야 할까……? 요리 교실에서 마치 주점처럼 모든 종류의 술을 준비해둘 수는 없으니, 학생들이 낸 재료비로 조달이 가능한 범위에서 술을 사야 했다. 결국 나는 평소대로 와인 한 병을 준비하고, 학생들에게 각자 마시고 싶은 술을 가지고 오라고 했다.

'남자들이니 먹는 양이 많겠지. 요리가 부족하면 큰일이야.'

이런 걱정까지 해가며 평소보다 많은 분량의 재료를 사두고, 첫 수업을 기다렸다. '남자들의 요리 교실' 첫날은 그해 겨울 한파가 처음 불어닥친 날로, 손끝이 아플 정도로 몹시 추웠다. 그 추위를 뚫고 모두들 캔 맥주 상자, 사케, 와인병을 들고 구르메 레브쿠헨을 찾아왔다.

학생들은 저마다 가방이나 윗옷 주머니에서 단정히 접힌 앞치마를 꺼냈다. 아마 집에서는 한 번도 앞치마를 둘러본 적 없었을 이 남자들은 허리에, 어깨에 앞치마를 둘러맸다.

"자, 준비되셨으면 주방으로 와주세요."

미리 준비해둔 레시피를 넣은 파일을 껴안고 주방에 모인 남자들. 맛있는 음식을 먹을 수 있겠다는 기대로 한껏 부푼 아이 같은 눈빛의 아트 디자이너, 현태준 작가에게 억지로 끌려온 듯한 표정으로 주변을 흘끗거리는 웹 디자인 회사 사장님, 아마도 부인이 "남자라도 요리 정도는 할 줄 알아야지!" 하고 잔소리를 하는 통에 요리 교실에 온 것 같은 은행원,…… 다양한 직종의 남자들이 앞치마를 두르고 한자리에 모였다.

"여러분, 댁에서는 다양한 방법으로 채소를 썰어본 적 없으시죠?"

현태준 작가의 이 말과 함께, 모두들 부엌칼 두 개와 도마 두 개를 테이블 위에 올리고, 꼬치 튀김과 채소 롤에 넣을 채소를 써는 실습을 했다. 현 작가는 의욕에 넘쳐 부엌칼을 들고 일어서서는, "선생님, 당근은 어떤 형태로 써나요?" 하고 물어왔다.

"얇게 썬 돼지고기로 돌돌 말 거니까, 가늘게 채썰어주세요."

이렇게 설명을 하면서 문득 현 작가의 손끝을 봤는데, 어릴 적 진흙을 가지고 놀다 집에 온 아들의 손처럼 손끝과 손톱이 새까

맸다. 나는 그가 당근을 미처 잡기 전에 서둘러서 외쳤다.

"잠깐만요, 현태준 씨! 잠깐, 잠깐 기다려요! 손은 씻었어요?"

너무도 당황한 내 태도를 보고 현 작가가 곧바로 눈치를 챘다.

"아, 선생님. 깨끗이 씻었어요. 이 새까만 건 잉크예요. 괜찮아요."

하지만 잉크로 범벅이 된 손톱을 처음 본 나는 믿을 수가 없어서, 다른 학생들에게 확인이라도 하듯이 물었다.

"정말이에요? 일러스트 그릴 때 잉크 쓰면 저렇게 까매져요?"

하지만 현태준 작가의 친구이기도 한 그들은 별것 아니라는 얼굴로 잠자코 있었다.

결국 그날은 현 작가의 새까만 손톱에 불안해진 내 얼굴색을 넌지시 살핀 누군가가, 규동에 들어가는 양파를 제외한 모든 채소를 썰었다. 대신 자신이 좋아하는 규동의 양파만큼은 무슨 일이 있어도 직접 썰고 싶다고 우긴 현 작가는 유리로 된 우유병 바닥만큼이나 두꺼운 안경 렌즈 너머로 눈물을 글썽이며 삼 인분의 양파를 채썰었다

메추라기 알과 대파, 한입 크기로 썬 돼지고기 안심을 꼬치에 꿰고, 채썬 채소를 얇게 썬 돼지고기로 돌돌 말고, 튀기기 전 밀가루, 계란, 빵가루를 묻히는 작업도 했다. 첫 수업이었지만 손이 많이 가는 요리뿐이었다. 그럼에도 모두들 조용히 요리에 집중하

고 레시피를 정리했다. 현태준 작가가 일본에서 먹은 '맛있는 요리'에 대해 이야기하거나 한국 술집에서 파는 안주인 타코 와사비 만드는 법을 물어본 것만 제외하면.

모자라면 큰일이라고 생각해 평소보다 재료를 많이 사둔 탓에, 완성된 요리 양도 엄청났다. 큰 일본풍 접시에 가득 쌓인 꼬치 튀김과 채소 롤 튀김. 바닥이 깊은 접시에 그득히 담긴 양념 가지 튀김. 사람 수보다 많은 것 같은 규동 그릇. 식탁에 비좁게 늘어놓은 캔 맥주, 와인, 사케.

'전부 한 상에 차릴 수 있을까?'

내심 걱정될 정도였다.

상상했던 대로 기나긴 시식 시간이 끝난 것은 밤 열두 시. 모두들 거나하게 취한 상태였지만, 설거지를 끝내고 왔을 때보다 훨씬 차가워진 바깥 공기를 마시며 집으로 돌아갔다. 물론 산더미처럼 쌓여 있던 꼬치 튀김도, 채소 롤 튀김도 깨끗이 없어졌음은 두말할 필요도 없다.

구르메 레브쿠헨에서 요리를 직접 만들 때, 남자들의 눈은 반짝반짝 빛난다. 요리 교실에 온 아이들처럼.

'완성되면 맛있게 먹을 수 있어.'

이렇게 내심 기대하는 마음도 있겠지. 그래도 부엌칼을 잡고, 심각한 얼굴로 드레싱이나 소스 재료를 계량스푼으로 재어 섞고, 프라이팬 위에서 고기가 익은 정도를 계속 눈으로 확인하고, 로스트비프를 얇게 썰기 위해 고깃덩이와 마주하는 남자들은 진지하다.

집에서도 가족을 위해 요리를 하는지는 모르겠다. 아마, 이렇게 교통이 불편한 곳에 있는 요리 교실에 다닐 정도이니 집에 돌아가서도 주방에서 솜씨를 발휘할 것이라고 믿고 싶다. 반드시 그럴 것이다. 저마다 일이 있어 평일의 끼니를 만들지는 못하더라도, 주말에 요리를 즐기며 만들 그 남자들은 분명 행복할 것이다.

신혼 때 남편의 회사 동료였던 '코알라 아저씨'를 저녁 식사에 초대한 적이 있다. 남편보다 나이가 많고 통통한 체격에 싱글벙글 웃을 때의 표정이 코알라와 닮아 그런 별명을 붙여 불렀다. 그날 저녁은 궁중음식연구원에서 배운 궁중식 보쌈. 지금보다 더 한국 요리에 서툴렀던 나는 돼지고기를 싸먹으라고 새파란 시래기를 데쳐 큰 그릇에 담아 식탁에 내었다.

"제수씨! 보쌈인데 이렇게 시래기만 주시면 곤란해요. 쌈 배추나 속 배추를 주셔야죠."

코알라 아저씨는 시래기 잎을 손으로 찢어가며, 고기와 새우젓, 김치를 싸서 매우 불편하게 먹고 있었다. 이미 오래전 일인데도, 코알라 아저씨의 그 한마디가 잊히지 않는다. 그때부터 보쌈을 만들 때면 그의 말이 떠올라 쌈 배추를 반드시 함께 준비한다.

남편과 같은 IT업계에서 일해온 코알라 아저씨가 몇 년 전 실업자가 되었다는 이야기를 들었다. '우리 아들 또래의 외동아들이 있다고 들었는데. 어떻게 지내실까' 하는 걱정이 들기도 했다. 그런데 최근, 코알라 아저씨가 서울 중심가에 일식당을 열고 직접 주방에서 요리를 하고 있다는 이야기를 남편을 통해 들었다. 실업 이후 새로운 길을 찾기 위해 일본요리 전문학교에 다니며 조리사 자격증을 땄고, 주방장이 따로 있긴 하지만 그가 직접 주방을 관리한다고 한다. 아직 그의 가게에 가본 적은 없지만, 요리 교실 남학생들과는 달리 인생의 쓴맛을 경험한 그의 각오가 요리에서 느껴질 것 같다.

코알라 아저씨의 근황을 전해들었을 무렵, 신문에는 한국 사회 오십 대의 실업과 꿈이 없는 현실에 대한 특집 기사가 연재되고 있었다. 대학을 졸업하고 출세 가도를 달리던 세대가 오십 대가 되어 갑자기 해고를 당한다. 그런 남자들이 쉽게 꿈꾸는 일 중 하나가 요식업계에서 성공하는 것이다. 일상생활에서 '먹는 일'은 빼놓을 수 없으니 간단히 돈을 벌 수 있을 거라 생각하고는, 퇴직금을 쏟아부어 프랜차이즈 술집이나 치킨집을 오픈한다. 그러나 치밀한 전략이나 음식에 대한 프로 의식이 없어서 장사가 잘되지 않는 경우가 태반이라, 빚만 쌓이게 된다. 이러한 오십 대 남성들이 늘어나, 사회문제로까지 번지고 있다는 내용이었다.

구르메 레브쿠헨의 학생 중에도 오십 대 남성이 두 명 있다. 요리 교실에 다니는 일을 '일상의 새로운 발견'이라고 생각하는 이들은, 다행히도 직장을 잃고 생계를 꾸려나갈 방편으로 요리를 배우는 사람들은 아니다.

한 사람은 광고업계에서 유명한 사진작가로, 외국에 부인과 딸을 보내고 서울에서 혼자 살고 있다. 스튜디오에서 제자들과 함께 밥을 해 먹기도 하지만, 집에서는 다이어트를 겸해 닭가슴살만 먹는다고 했다. 닭가슴살을 한 번에 십 킬로그램씩 사 와서 전부 삶은 후, 먹기 좋게 나누어 냉동 보관해둔다. 집에 손님이 와도 대접할 것이라고는 닭가슴살밖에 없었다. 그러던 어느 날, 손님에게 닭가슴살을 얹은 샐러드를 대접하고는 이런 핀잔을 들었다고 했다.

"아무리 그래도 그렇지, 이건 인간이 먹는 음식이 아니야."

이 한마디에 그는 자신의 식생활을 되돌아보게 되었다. 그 후 그는 제자의 소개로 구르메 레브쿠헨을 찾아왔다. 봉골레 파스타, 차슈, 피자, 스페인풍 치킨 구이, 샐러드, 초콜릿 무스 등 수업 때 배운 요리는 전부 집에서 몇 번이나 복습한다고 했다.

"요즘 요리 교실 때문에 좀 살쪘어요."

어쩐지 그의 얼굴이 아주 조금 동그래진 것 같았다. 그는 시

식 시간에도 매번 "맛있다, 맛있다" 감탄사를 연발하며 먹는다.
분명 입맛에 안 맞는 요리도 있을 텐데, 언제나 칭찬해주는 그의
말에 요리 선생님인 나는 기분이 좋아지고, 다음번 수업에 대한
자신감도 생긴다.

요즘은 요리가 삼십 대 후반부터 사십 대 한국 남자들의 문화
중 하나로 자리 잡았다는 것을 느낀다. 점점 보편화되고 있는 골
프나 와인 같은 취미 생활과는 또 느낌이 다르다. 그저 막연하게
동경만 하는 것이 아니라, 배려심 있는 멋진 남성으로 거듭나기
위한 필수 조건 같은 것으로 여기게 된 것 같다.

시간만 나면 연희동 요리 교실에 찾아오는 경제연구소 연구

원, 요리 교실 등록을 부인에게 선물받았다고 하는 선박 회사 변호사, 미적 감각이 넘치는 헤어 스타일리스트,……. 불혹에 접어든 세대인 그들이 이렇게 말한다.

"처음부터 요리가 취미는 아니었어요. 하지만 무언가를 내 손으로 만드는 기쁨, 그러니까 일종의 장인 정신에 대한 열정, 그리고 내가 만든 것이 남에게 도움이 된다는 보람을 함께 느낄 수 있어 요리가 좋습니다."

"요리는 언뜻 남을 위한 일처럼 보이지만, 실은 자기만족을 위해 하는 일인지도 몰라요."

결국 요리란 자신의 행복을 위해 만드는 것. 그걸로 충분하지 않을까.

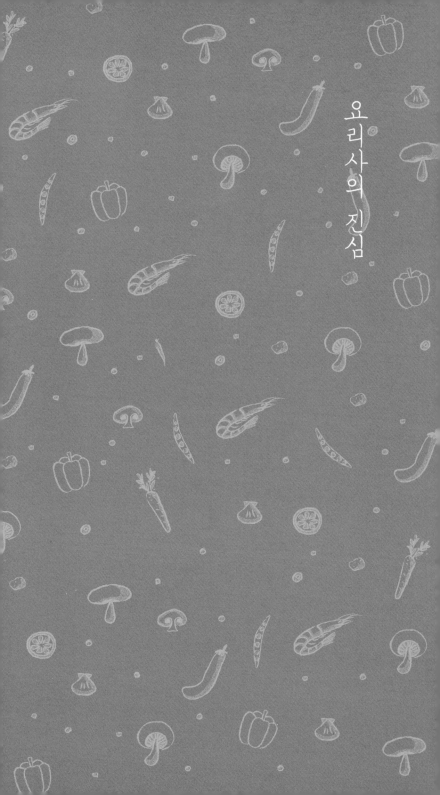

요 리 사 의 진 심

부엌에서 고지식하면 안 되는 이유

콩나물을 뿌리까지 다듬기, 겨울에도 찬물에 쌀 씻기, 부엌칼로 흙을 깨끗이 벗겨낸 시금치나 대파를 부드럽게 데치기, 마늘이나 양파 같은 자투리 채소를 지퍼 백에 넣어두었다가 치킨 스톡이나 데미그라스 소스를 만들 때 쓰기. 요리할 때, 굳이 안 해도 되지만 하면 더 좋은 일들이다. 부엌에는 이렇게 안 해도 되지만 하면 더 좋은 '귀찮은' 일들이 얼마든지 있다. 한 달에 두 번 환풍기와 가스레인지 청소하기, 냄비와 주전자 반짝반짝 닦기, 식초와 소다, 세탁용 비누와 소다를 용도별로 배합해 친환경 세제 만들기……. 음, 또 뭐가 있을까. 요리를 맛있게 하기 위해, 부엌 주변을 청결하게 유지하기 위해 해야만 하는 일들은 끝이 없다.

일흔이 훌쩍 넘은 친정엄마는 무슨 일이든 정성껏 하는 사람이다. 어릴 적부터 그런 엄마의 모습을 보고 자란 나는, 우리 엄마가 하는 일은 엄마, 아니 여자라면 누구나 할 수 있는 일이라고 여겼다. 나 자신도 언젠가는 엄마처럼 정성껏 쌀을 씻고, 치킨 스톡을 만들 때는 냄비 가장자리에 이는 거품을 세심하게, 조심스레 국자로 걷어낼 줄만 알았다.

집을 떠나 자취를 시작하고 깨달았다. 엄마에게 물려받은 줄 알았던, '어떤 일이든 정성껏 하는 피'가 내게는 흐르지 않는다는 사실. 철이 든 뒤로 엄마 일을 돕고 싶어서, "내가 할래!" 하고 애원하면 엄마는 일단은 허락해주셨다. 눈동냥으로 본 엄마의 정교한 손놀림을 흉내 내 쌀을 씻고, 무를 갈고, 빨래를 널었지만 어린 내 눈에도 내가 한 일이 왠지 조잡해 보였다. 하지만 그때는 내가 어리기 때문이라고만 생각했다.

"빨래 좀 널어."

"저녁에 햄버그스테이크 만들어줄 테니 양파 좀 다져라."

내가 고등학생이 되자 엄마는 이따금 집안일을 시키곤 했다. 아버지에게 물려받은 재주인지, 양파 다지기도 양배추 채썰기도 설거지도 빨래 널기도 전부 엄마가 예상한 시간의 절반도 채 지나기 전에 휙휙 해치우면, 엄마는 "이렇게 금방 끝났어?"라며 깜짝 놀라곤 했다. 그러고는 딸이 해놓은 일들을 일일이 확인했는데 물론 칭찬은 거의 없다. 내 나름대로는 주름을 펴고 색깔별로 나눠 빨래를 널었는데도, 엄마는 엄마만의 방식으로 다 다시 널었다.

'모처럼 널었는데…….'

서운하기도 했지만, 엄마가 다시 널어둔 빨래는 내가 널었을 때보다 훨씬 더 질서 정연하게 새파란 하늘 아래 펄럭거렸다.

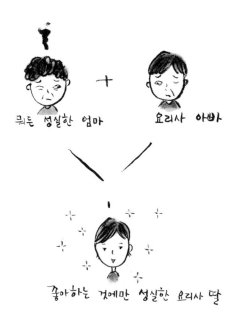

뭐든 성실한 엄마 + 요리사 아빠

좋아하는 것에만 성실한 요리사 딸

　이렇게 모든 일을 정성껏 하는 엄마 옆에서 집안일을 하나하나 눈동냥으로 배우다 보면, 딸인 나도 언젠가는 엄마처럼 무슨 일이든 정성을 들여 세심하게 하는 어른이 되겠지, 하고 생각했던 때도 있었다. 하지만 고등학생이 되자 나는 엄마의 정성스러움에 점점 답답함을 느끼기 시작했다. 언젠가는 독립할 딸에게 하나라도 더 가르치려는 엄마의 기분을 모르는 건 아니었다. 하지만 나는 정성껏 하는 법은 끝내 익히지 못한 채 집을 나왔다.

그리고 지금은 집안일과 요리를 즐겁게 할 수 있는 나만의 방식을 찾았다. 엄마가 보신다면 반쯤 포기한 표정으로 "히데코답네"라고 말씀하시겠지. 하지만 나는 완벽하지 않더라도 진심으로 좋아서 즐겁게 한다면 그것만으로 충분하다고 생각한다.

종종 요리나 살림 관련 잡지를 읽곤 하는데, 거기서는 이 바쁜 시대에도 '멋진 여성'이라면 당연히 우리 엄마처럼 정성껏 생활할 것을 권한다. 책에 등장하는 여성들은 가사나 요리에 전문가들이니, 진심으로 좋아서 혹은 필요에 의해 그렇게 정성껏 사는 것일 수도 있다. 하지만 이런 분위기에 휩쓸린 한국과 일본의 젊고 성실한 여성들은 퇴근해 밤늦게 집에 와서도 '제대로 살아야 해!'라며 솥에 밥을 안치고, 눈코 뜰 새 없이 바쁜데도 손바느질로 앞치마를 만들며, 제철 과일이 나오면 지친 몸을 일으켜 대량의 잼을 만든다.

　정말 좋아하는 일이라면 하는 편이 좋을 것이다. 하지만 집안일 말고도 할 일이 산처럼 쌓여 있는 사람이 무리하게 '뭐든 정성껏' 할 필요가 있을까? 콩나물을 더 맛있게 요리하려면 뿌리까지 다듬는 편이 좋지만, 뿌리에는 섬유질이 풍부하기 때문에 다듬지 않아도 괜찮다. 사실 저녁 식사를 준비하는 바쁜 시간에는 콩나물 뿌리까지 손질할 시간이 없다. 쌀은 찬물에 정성껏 씻는 편이 좋지만, 한겨울에는 좀 미지근한 물로 씻으면 어떠랴. 시금치나 대파는 흙을 부엌칼로 섬세하게 벗겨내면 비타민과 맛이 그대로 남아 좋겠지만, 시간이 없으면 물로 씻어도 된다. 채소 토막을 깨끗이 씻어 말려놓고는 지퍼 백에 넣는 걸 깜박하고 버릴 수도 있는 일! 이런 에피소드는 얼마든지 더 있다. 뚝배기나 돌솥에 밥을 하면 훨씬 맛있다는 사실을 알긴 알지만, 무심코 보온이 되는 전기밥솥에 밥을 짓고 만다. 하지만 전기밥솥으로 밥을

부엌에서 고지식하면 안 되는 이유

하면 그동안 다른 일도 할 수 있다. 전자레인지도 요긴하게 이용하면 그만큼 편해진다.

요리 선생님 노릇을 하다 보니 '제대로 하기'에 대한 압박감이 심해진다. 오월 매실 철이 되면 학생들은 꼭 이렇게 물어본다.

"선생님, 매실주 담그셨어요? 매실 엑기스는요?"

오미자 철에는 "오미자 엑기스 담그셨어요?", 김장철에는 "선생님도 한국 궁중 요리 배우셨으니까 김장 직접 하시죠?" 이런 질문들이 따라다닌다. 요리 선생님으로서의 긍지가 위협받는 순간이다.

요리 교실을 막 시작한 무렵에는 요리 선생님이라는 자존심 때문에 매실 철이 되면 대량으로 매실을 사서 담그고, 옥상에 채소를 널어 말리기도 했다. 정월 대보름이면 밤을 새우면서도 정통 궁중 요리 조리법대로 갖가지 나물을 해 여기저기 나누어 주었다. 물론 김치도 담갔다. 배추김치는 몰라도, 내가 좋아하는 오이소박이김치 정도는 만들어 먹을 수 있을 거라 생각했다. 하지만 웬걸, 오이를 다섯 개 정도만 소박이김치로 담갔더니 맛이 하나도 없는 거다. 그래서 오이를 서른 개도 넘게 준비하고 부추 등 오이 속에 넣을 속 재료를 채쳐 마련했다. 그러는 와중에 프랑스 요리, 스페인 요리까지 함께 준비하느라 엄청나게 힘들었다.

이런 일들을 겪고 나니, 문득 깨닫게 되었다. 엄마처럼 '정성껏' 집안일을 하면서 부엌에서 한국 음식을 '제대로' 만들고, 다른 나라 요리에도 집중하는 '성실함'을 겸비하는 것은 불가능하다는 사실을. 그래, 주방에서는 내가 정말 좋아하는 일만이라도 정성스레, 성실히 하자. 히데코는 히데코답게.

부엌에서 고지식하면 안 되는 이유

유기농 스트레스

"음식 재료는 어디서 사세요?"

요리 수업을 하다 보면 학생들로부터 이런 질문을 종종 받는다. 근처 가게에서 산다고 대답하면 썩 좋게 들리지 않는 모양이다. 주방 한가운데 놓인 테이블 위로 학생들의 조언이 쏟아진다.

"○○농장 짭짤이토마토가 맛있어요."

"○○생협 채소는 안심하고 먹을 수 있어요."

"경상남도 어느 마을에 귀농 여성들이 모여 사는데, 거기서 재배한 유기농 채소를 정기적으로 배달시켜 먹어요."

"동네 슈퍼는 비싸잖아요! 아침 일찍 시장에 가서 상자째 사는 편이 더 싸요."

반드시 유기농만 고집하는 원칙주의자부터 유기농을 주로 사는 유기농 애호가, 그리고 나의 요리 비용을 걱정하는 학생들까지 등장한다. 수업 진도를 나갈 수 없을 정도로 음식 재료에 대한 논의로 시끌벅적해지곤 한다.

이 학생들은 건강을 생각해 안전한 음식 재료를 구입하려 애쓰고, 맛있는 음식을 만들기 위해 조금이라도 더 질 좋고 신선한 재료를 구하기 위해 노력한다. 특히 유기농 식품만을 고집하는 사람이라면 어떻게 하면 더욱 바람직한 식생활을 할 수 있을지, 어떻게 하면 더욱 좋은 먹을거리를 구할 수 있을지 꼼꼼히 따지리라.

사실은 나도 그런 의지를 불태우던 때가 있었다. 십여 년 전 아이들이 어렸을 때, 큰아들은 아토피성 피부염을, 작은아들은 비염을 앓았다. 그래서 나는 아이들의 체질 개선을 위해 식습관부터 고쳐야겠다고 생각했다.

'우리 집 식탁에 오르는 음식 재료는 전부 유기농으로 바꿔야지!'

그래서 우선 유기농 식품을 전문으로 취급하는 한살림 등의 협동조합에 가입하고, "생산자와 소비자는 생명 공동체입니다" "유기농과 무농약은 무엇이 다를까요?" 등으로 시작되는 한국어 설명을 열심히 들었다. 절반 정도밖에는 알아듣지 못했지만. 어쨌든 그렇게 나의 유기농 생활이 시작됐다.

조합에서 무농약 제주도 감귤을 한 상자 샀는데 울퉁불퉁한데다 껍질도 딱딱해서 잘 벗겨지지 않았다. 더군다나 맛이 너무 시큼해, 정작 당시 유치원생이던 아이들은 먹지도 못했다.

"유기농인지 무농약인지 모르겠지만, 썩혀 내버릴 거면 이제 사지 마."

남편이 이렇게 말하며 화를 내기도 했다. 그때는 요리 교실을

맛보다 이야기

운영하지 않았으니 가족이 매일 먹을 음식과 손님을 초대해 대접할 요리 재료만 있으면 되었다. 사실 아파트 단지 안에 있는 한살림의 조합 직판장에서 채소와 과일, 냉동 고기, 생선 등을 사는 것으로 충분했던 셈이다. 하지만 아이들의 체질 개선을 위한다는 이유로 안전한 먹을거리에 대한 나의 집착은 계속됐다. 근처에 조합 직판장이 없는 연희동으로 이사 온 뒤에는, 조합 홈페이지에서 주문해 일주일에 한 번씩 배달받았다. 그러다 보니 결국에는 먹고 싶은 음식, 만들어주고 싶은 음식을 위해 재료를 사는 것이 아니라, 일주일에 한 번 배달받는 음식 재료에 맞춰 메뉴를 정해야만 하는 상황이 되었다. 그러는 사이 아이들은 성장했고, 아토피성 피부염과 비염도 어느 틈에 사라졌다.

연희동 집에서 요리 교실을 시작하자 일주일에 한 번 배달받는 재료로는 모든 게 턱없이 부족해졌다. 일 년 내내 스페인 요리를 비롯한 세계 각국 요리의 재료가 필요한데, 미리 주문해두려고 해도 생산자 사정으로 생산이 중단되거나 품절이 되기가 일쑤였다. 장마철이나 폭설이 내릴 때는 '공급 시기 미정' '품절' 이라는 단어가 더욱 자주 등장했다. 이런 식으로는 요리 교실을 운영할 수 없었다.

그렇다면 다른 방법을 찾아보자는 생각이 들었다.

'모처럼 정원 있는 집으로 이사 왔으니까, 토마토, 루콜라, 양

상추…… 요리 교실에서 쓰는 채소를 직접 재배하는 거야!'

유기농으로 재료를 준비하고 요리해 학생들과 함께 나누고 싶은 마음과, 생산과 공급이 불안정한 유기농 재료만으로는 요리 교실 운영이 어려운 현실 사이에서 아주 멋진 해결책을 찾았다고 나는 생각했다. 그리고 철마다 꽃이 피던 정원 화단에 꽃 대신 채소를 기르기 위해 흙과 씨앗, 모종을 구입하고는 작은 텃밭을 만드는 작업에 착수했다. 원예 관련 책도 보고 전문 정원사나 주말농장 경영자 들에게 조언도 얻어가며 열심히 재배했다. 그런데 상추 종류는 몇 차례 수확의 기쁨을 맛보았지만, 토마토는 계속 설익은 녹색이었고 루콜라는 수확 철에 벌레가 먹어 구멍투성이가 되었다. 씨앗만 잘 심으면 그 뒤로는 적당히 물만 줘도 쑥쑥 자라는 꽃과는 전혀 달랐다. 게다가 요리 수업 중에도 정원에 나가 채소를 돌봐야 하는 상황까지 생겨 신경이 이만저만 쓰이는 게 아니었다.

농부들이 보면 비웃을 법한 손바닥만 한 크기의 밭에서 일 년이라는 짧은 기간 동안 체험했을 뿐이지만, '유기농'이라는 표시가 얼마나 많은 노력을 상징하는지 새삼 깨달았다. 삼 년 이상 퇴비를 뿌려 만든 땅에, 유기적으로 재배된 씨앗이나 모종을 심고, 금지된 재료는 사용하지 않기 등의 조건을 모두 갖춰야 '유기농' 표시를 받을 수 있다. 안전하고 건강하며 맛있는 채소는 그

221
유기농 스트레스

런 노력을 통해 받는 선물이다. 그러니 아는 척만 할뿐 어설프기 짝이 없는 나 같은 유기농 애호가가 쉽게 받을 수 있는 선물은 아니었다.

요즘 나는 작은 텃밭의 채소도, 일주일에 한 번 배달 오는 유기농 음식 재료도 포기하고, 언제라도 배달 가능한 근처 가게에서 재료를 산다. 지인들로부터 소개받은 농장이나 과수원에다 맛있는 토마토, 무화과, 복숭아 등을 직접 주문하기도 한다.

요리 레시피를 먼저 정하고 재료를 구할 것인가, 아니면 제철 유기농 재료에 레시피를 맞출 것인가. 요즘도 종종 이런 고민에 빠진다. 오로지 비용만을 고려한다면 이 정도로 고민하고 스트레스 받을 일은 없을 것이다. 무농약인지 저농약인지, 유기비료를 썼는지 무기비료를 썼는지 등을 전부 세심하게 살피고, 정말 안심하고 먹을 수 있는 재료만을 골라 사는 것이 가장 이상적이리라. 하지만 내가 처한 환경에서 최선을 다하되, 내 선택이 최선이라고 믿고 만족하자.

"선생님 댁에서 보면 딸기도 토마토도 감자도 모두 더 반짝반짝하고 신선해 보여요. 왜 그럴까요?"

학생들이 이렇게 청찬해주면 나도 유기농 재료에 대한 정신적 부담에서 조금은 벗어난다. 진짜 작가라면 컴퓨터 한 대, 혹은 펜과 종이만 있어도 소설을 쓸 수 있다. 진짜 요리사라면 어디서 재료를 사더라도 맛있는 요리를 만든다. 하지만 신선도만은 주의 깊게 확인하자. 셰프였던 아버지가 그러셨던 것처럼.

비빔밥이 있는 화랑

'어떤 그릇에 담을까?'

마음까지 채워지는 맛있는 음식이 뭘까, 궁리 끝에 메뉴를 정하면 곧바로 이런 고민이 뒤따른다.

"나이 먹으니까 그릇 같은 건 소중히 갖고 있어봐야 소용없다는 걸 깨달았지. 보이는 곳에 장식하거나 평소에 써야만 그릇을 만든 장인들도 행복해지는 거란다."

몇 년 전, 일본 친정에 갔을 때 아버지가 하신 말씀이다. 찻잔, 주전자, 술잔, 그릇으로 가득 찬 상자를 내 앞에 놓고서 이렇게 말씀하셨다. 도예를 좋아하시는 부모님이 몇십 년에 걸쳐서 수집한 그릇들이었다. 나도 본 적 없는 도자기가 상자 속에서 차례로 나왔는데, 분명 부모님도 깨지거나 이가 나갈까 봐 소중히 보관해둔 것이리라. 그 후 매년 친정에 갈 때마다 그 그릇들을 몇 개씩 서울로 가지고 와서는, 아버지 말씀대로 계절별로 번갈아가며 상자에서 꺼내 주방을 장식하기도 하고, 요리 교실에서 차를 마실 때 찻잔으로 쓰기도 한다.

'가진 화랑'에서 산 식기도 마찬가지다. 깨지면 다시 사지, 하는 생각으로 요리 교실의 요리를 담거나 가족과 밥을 먹을 때 자주 쓴다. 그러다 보니 그릇이나 접시가 깨지면 어쩌나 하는 걱정보다, 가진 화랑 식기에 대한 애정이 마음속에 싹텄다. 왠지 그릇이 나를 향해 미소를 짓고 있는 것 같다.

'화랑'이라고 하면 왠지 문지방이 높고 눈이 튀어나올 정도로 비싼 예술 작품이 진열되어 있는, 쉽사리 들어갈 수 없는 공간이 상상되지만, 가진 화랑은 그렇지 않다. 이곳은 커피를 마실 수 있는 카페이자 열두 가지 제철 채소와 산나물이 듬뿍 든 비빔밥을 먹을 수 있는 레스토랑이며, 일상생활에서 쓰이는 그릇을 파는 상점이기도 하다. 가끔 지하 공간에서 전시회도 열린다. 뭐랄까, 단어만으로도 멋진 종합예술 공간이다.

가진 화랑을 운영하는 심 실장님은 내겐 오래된 친구 같은 사람이다. 오래전 중학생들에게 일본어를 가르칠 때, 학생과 학부형 들을 집에 초대해 파티를 연 적이 있었다. 그 파티에서 처음 심 실장님을 만났다. 실장님은 가진 화랑에서 파는 커다란 접시와 볼을 내게 선물해주셨는데 삐뚤빼뚤하게 생긴 그 그릇들은 세상의 어떤 요리를 담아도 딱 맞춘 듯 어울릴 것 같았다. 그렇게 나는 가진 화랑을 알게 되었다.

가진 화랑에 들러 한꺼번에 여러 개를 들고 가기에는 무거운 도자기 그릇을 한 개 두 개씩 사 모으는 사이, 심 실장님과 나는 서로 식사를 권하는 사이가 되었다. 한국 사람들이 친한 사이가

맛보다 이야기

되면 종종 인사 대신, "밥 먹었어?"라고 물어보는 것처럼 심 실장님은 인사 대신 언제나 이렇게 묻는다.

"비빔밥 먹고 갈래요?"

요즘은 이 말이 듣고 싶어서 바빠도 짬을 내어 가진 화랑으로 발걸음을 옮기곤 한다. 필요한 식기를 사러 가면, 심 실장님은 내가 고른 그릇을 신문지에 싸며 말씀하신다.

"매일 쓰는 식기는 깨지기 쉬우니까, 깨져도 금방 다시 살 수 있는 가격이어야 해요."

'맞아, 맞아' 공감하면서 생각해보니, 비싼 도자기 그릇은 깨지거나 이가 나갈까 봐 선반 위에 장식해두거나 식기장 깊숙이 넣어둘 때가 많았다.

"여기서 산 그릇은 지겨워지면 소중한 사람들한테 선물로 주세요."

심 실장님이 종종 하는 말이다. 하지만 쓰면서 정이 든 그릇을 지겹다는 이유로 남에게 줄 순 없다. 그래서 선물할 그릇을 고르러 또 가진 화랑에 가곤 한다.

심 실장님과 만난 이후 나는 다시금 요리를 담는 그릇의 소중함에 눈을 떴다. 그릇에 남다른 안목을 지닌 부모님의 영향으로 어릴 때부터 요리와 그릇의 관계에 관심은 있었지만, 독립한 뒤 그리고 결혼해서 아이들을 기르다 보니 내가 가진 그릇을 어떻게 돌려쓸까 정도의 고민만 할 뿐, 그 이상의 관심은 기울이지 않게 되었다. 하지만 이제는 '이번에 한 삶은 채소 요리는 저 색깔의 편평한 그릇이 좋겠지?' '오늘 만들 꽁치 요리는 기다란 접시와 잘 어울리겠어' 하는 식으로, 눈앞에 놓인 맛있는 요리가 어떤 그릇과 만날 때 기뻐할지 정도는 알 수 있게 되었다. 물론 깜짝 놀랄 정도로 비싼 항아리가 진품인지 위조품인지를 완벽히 구별해낼 정도의 안목은 없지만.

아주 바쁘거나 몸 상태가 안 좋아서 식사 따위는 아무래도 상관없을 때를 제외하고는, 나는 매일 식사를 준비할 때마다 요리를 담는 접시는 물론 음식을 조리하는 냄비에도 신경을 쓴다.

요리 수업 때나 손님을 초대해 저녁 식사를 할 때는 더더욱 정성껏 그릇을 고른다. 한 달에 한 번 있는 요리 수업이라도 학생들은 매월 다른 요리를 배우러 오는 거니까. 요리의 종류, 색깔, 계절, 그날의 날씨 등을 고려해서 차려본다. 요리 선생님치고는 그릇이나 접시가 그리 많지 않지만 어떻게든 애써본다. 신메뉴를 개발했는데 딱 맞는 그릇이 없을 때나 몇 년째 요리 교실을 다니는 학생들이 오는 날이면, 오랜만에 파티에 초대받았는데 입고 갈 옷이 없어서 옷장 앞에서 풀이 죽은 때와 같은 기분이 된다.

손님들이 비빔밥을 먹으러 오는 점심시간 전에 가진 화랑에 갔더니, '신선한 재료로 진심을 담아 만들기'를 늘 실천하는 심 실장님이 비빔밥에 들어가는 가지, 우엉, 버섯, 시금치, 당근, 도라지, 고사리 등 재료를 먹기 좋고 눈으로도 아름답게 보이도록 손으로 찢거나 부엌칼로 자르고 있었다. 그녀가 정성껏 만든 비빔밥은 도예가가 만든 식기에 담긴다. 매일 같은 비빔밥이라 해도 그날그날의 색채나 손님에 따라 그릇이 바뀐다.

가진 화랑 비빔밥의 맛에는 심 실장님의 요리 철학이 듬뿍 담겨 있다.

"요리는 생활의 일부이자 우리 몸을 만드는 요소니까 특별하거나 고상하면 안 돼요. 몸이 건강해지면 마음도 건강해지니까, 우리 몸을 만들어주는 음식을 요리하는 일이 얼마나 중요한 일

은행 갔다 올게요~

인지 잘 생각해야 해요."

내가 가진 화랑에 갈 때마다, 심 실장님은 앞치마 차림으로 비빔밥 준비를 하거나, 식사하러 온 손님을 접대하느라 왔다 갔다 하고 있다. 사이 사이 식기를 보러 온 손님들을 상대하기도 하고, 나 같은 지인들과 한차례 수다를 떨기도 한다. 그리고 일이 주에 한 번은 화랑에서 차로 한 시간 거리에 있는 도자기 공방에 가서 주문받은 식기나 도예가의 새로운 작품, 커피 잔, 비빔밥용 그릇 등을 산더미처럼 짊어지고 온다.

"은행 갔다 올게요. 그릇 좀 보고 있어요!"

얼마 전 오랜만에 가진 화랑에 갔더니, 심 실장님이 이 말만

남기고는 가게 앞에 세워둔 빨간 자전거를 타고 삽시간에 사라져버렸다. 그 뒷모습을 어안이 벙벙한 채 바라보고 있자니, 다 큰 아들을 둔 엄마라고는 상상할 수 없는 심 실장님처럼 나이 들어가고 싶다는 생각이 들었다.

확고한 철학만 담겨 있다면 비빔밥 하나에도, 작은 식기에도 수많은 사람들이 매력을 느낀다.

"비빔밥, 먹고 갈래요?"

심 실장님은 아마 오늘도 화랑을 찾아오는 사람들에게 이렇게 인사를 건네겠지.

한의사와 요리사

"찡하시죠?"

"따끔하시죠?"

매주 금요일 오후 다섯 시. 바쁠 때는 이 주에 한 번. 딱딱하지만 따뜻한, 전기장판 같은 치료용 전기 침대 위에 누워 노곤하게 눈을 감고 있으면 원장 선생님이 옆 침대 환자에게 침을 놓으며 이렇게 묻는 소리가 들린다.

'아…… 다음은 내 차례인가.'

십 년 가까이 다니고 있는 진성 한의원이다. 이곳에서 침을 맞으면 명주실같이 얇은 것이 피부를 콕콕 찌르는 듯한 느낌을 받는다. 이곳의 침은 특별하다. 바늘보다 더 굵고 긴 침이 피부 깊숙이 들어온다. 몇 센티미터나 깊이 들어오는지는 무서워서 물어본 적이 없지만, 꽤 깊이 찌르는 것 같다.

"찡하시죠?"

"따끔하시죠?"

원장님은 침을 놓을 때마다 이렇게 물어보신다. 욱신거리는 아픔을 덜어주려는 배려. 이 말을 들으면 왠지 모르게 통증이 사그라지는 것 같다.

원장님이 내 몸에 고슴도치처럼 침을 놓으면, 간호사가 그 위에 초콜릿 볼처럼 건조한 쑥 덩어리를 올려둔다. 이게 끝이 아니다. 내가 크렘 브륄레crèam brûlée, 캐러멜을 입혀 살짝 구운 크림으로 프랑스의 대표 후식나 크레마 카탈라나crema catalana, 크렘 브륄레와 비슷한 스페인 후식를 만들 때 커스터드 위에 뿌린 설탕을 캐러멜로 만드는 데 쓰는 토치로 초콜릿 볼 쑥 덩어리 하나하나에 재빠르게 불을 붙인다.

그러면 고슴도치 같은 내 몸에서 뭉게뭉게 연기가 피어오르고, 침이 꽂힌 부분이 뜨거워지며 지글지글, 찌릿찌릿한 통증과 가려움이 느껴진다. 가끔은 침이 들어간 깊이나 그날의 몸 상태에 따라 뜨거워서 견딜 수 없을 때도 있다. 그럴 때는 큰 소리로 "뜨거워요!" 하고 외치면 간호사가 달려와서 쑥을 치워준다. 아니, 치워주었을 거라고 추측하는 수밖에 없다. 어쨌든 조금이라도 몸을 움직이면 침 때문에 통증이 온몸으로 퍼지는 데다, 몸 여기저기서 연기가 나니 눈을 감고 있을 수밖에 없기 때문이다.

진성 한의원 원장님은 가업을 이어받아 한길을 걸어온 한의사다. 그녀는 스스로도 불도저 같은 성격이라고 말하는 대담한 여성이다. 하지만 얼핏 보면 자그마한 체구의 평범한 어머니처럼 보인다. 원장님의 손은 환자의 맥을 짚고 배를 눌러보는 것만으로도 어디가 아픈지 정확하게 맞히는 마법의 손이다. 안경 너머의 상냥해 보이는 눈은 환자의 얼굴색부터 손톱 색깔까지 무엇이든

꿰뚫어본다.

십 년간 계속 진성 한의원에 다니면서 나는 원장 선생님과 온 갖 잡다한 이야기를 미주알고주알 나누어왔다. 하지만 그녀는 내가 요리 선생님이라는 사실은 몰랐다.

"지훈이 엄마는 맨날 같은 자세로 일하는 것 같은데……"

언젠가 치료 중에 이런 지적을 했다. 나는 침에 찔린 자리가 너무 아파서, 그 일이 '언제나 같은 자세로 서서 요리하는 것'이 라는 말은 차마 꺼내지 못했다.

'내일은 진성 한의원에 가야지.'

하루는 이런 결심을 하고 있었는데 그만 과음을 하고 말았다. 나는 좋아하는 와인과 맛있는 요리, 거기에 마음 편한 수다가 곁들여지면, 이러지 말아야지 하면서도 어느새 과음을 해버린다. 다음 날 치료용 침대에 눕자, 원장님은 내 왼손 맥과 복부를 짚어보더니 누워 있는 내 얼굴을 가만히 바라보며 쓴웃음을 지었다. 그렇다. 그녀는 맥과 복부를 몇 번 짚어본 것만으로 내 몸에 어떤 변화가 일어났는지 전부 꿰뚫어본 것이다.

가끔 의사 선생님이 끈질기게 잔소리나 조언을 하면 기분이 언짢아지기도 하는데, 진성 한의원 원장님께 야단을 맞으면 화가 나기보다는 나이 지긋한 베테랑 교사의 설교를 듣는 초등학생이 된 듯한 기분이 든다.

원장님은 침을 맞으러 온 환자들에게 각자의 몸에 맞는 음식과 먹는 방법을 알려주신다. 하지만 한방의 세계에서 종종 말하는 서른네 가지 체질, 혹은 여덟 가지 체질로 환자를 분류해서 "환자분은 소음인이에요"라는 식으로 단언하는 말은 결코 입 밖에 내지 않는다.

나도 침을 맞으면서 내가 무슨 체질이냐고 물어본 적이 있다. 하지만 원장 선생님께 잔소리만 듣고 말았다.

"이런 체질이니까 이런 음식을 먹어야 된다거나, 저런 음식을 먹으면 안 된다거나 하는 소리를 들으면 체질에 좋다는 음식만 먹고 안 좋다는 음식은 입에도 대지 않게 되죠. 사실은 먹어도 괜찮은 음식까지 말이에요. 그러면 거꾸로 몸의 균형이 무너져요. 저는 체질을 물어보셔도 절대 알려드리지 않아요."

궁금해서 물어보긴 했지만, 설교를 들어도 싸다. 내 상태를 진찰하고는 이런 말도 덧붙인다.

"오늘 밤에는 뜨거운 대구탕 같은 국물을 드세요. 참, 갈비탕이나 사골 국물 같은 고깃국은 안 돼요. 오늘 지훈이 엄마 상태에 고깃국은 너무 진하니까요."

일 년에 한 번 건강검진 결과가 나오면 원장님께 반드시 보여드린다. 원장님은 빈혈 증세가 나타난 수치를 보고는 이런저런 조언을 해주셨다.

"증혈제는 변비를 유발하니까 안 먹는 게 좋겠어요. 단골 고깃집에서 쇠간을 좀 얻어서 하루에 두세 조각씩 먹는 수밖에 없겠네요……. 낙지를 일곱 시간 정도 고아서 진액으로 만들어 그대로 마시거나 미역국으로 만들어서 먹는 방법도 있어요."

원장님은 고슴도치가 되어 통증을 참고 있는 내 귀에 대고 조언해주셨다. 메모를 할 수가 없으니 정확히 외우지는 못해도 프랑스 요리 레시피만큼 어렵지는 않으니 기억을 떠올려가며 집에서 실행에 옮겨보았다. 음식은 약을 먹을 때처럼 효과가 빠르지는 않다. 호전되는 기미가 안 보이니 불안해져서 병원에 가서 처방전을 받아야 할까 고민하기도 했다. 하지만 며칠 동안 쇠간과 낙지 진액 등을 원장님 지시대로 계속 먹다 보니 어느 시점부터 신기하게도 몸 상태가 좋아졌다. 물론 쇠간이 아니라 소 등심이었다면 훨씬 더 맛있게 먹었겠지만.

"찡하시죠?"

"따끔하시죠?"

진성 한의원 원장님은 이렇게 물어가며 환자에게 침을 하나씩 놓는다. 침만 놓는 것이 아니다. 가끔씩은 침을 놓느라 양손을 놀리는 중에도 오른쪽 어깨와 턱 사이에 휴대전화를 끼우고 고등학생 딸과 아들, 혹은 아이들의 선생님과 통화를 한다. 개업

의라면 일주일에 육 일은 일하는 한국에서, 원장님은 매주 수요일마다 병원을 쉬는 대신 공부에 전념한다. 아이들의 교육에도 굉장히 열심이다. 십 년간 치료용 침대에 누워 있다 보니, 원장님 댁 자녀들의 얼굴은 몰라도 자녀들이 어떻게 공부하는지는 원장님의 통화 내용으로 잘 알게 되었다.

원장님은 어렸을 적부터 자신이 하고 싶은 일은 반드시 하고야 마는 성격이었다고 한다. 그래서 아이들이 목표를 정하면 반드시 실천하도록 뒷바라지한다. 매일 아침부터 밤까지 환자 수십 명의 몸에 침을 놓으면서도, 온갖 가능한 수단을 다 동원해 자녀들을 돕는 것이다. 나도 우리 아이들에게 욕심이 있고, 아들 둘이 스스로 꿈과 목표를 실현시킨다면 좋겠다고도 생각한다. 하지만 생각에만 그칠 뿐 일관성이 없는 나와 달리, 원장님은 흔들림이 없다.

"수학 학원 가기 전에 근처 식당에서 밥 제대로 먹고 가. 인스턴트 라면은 안 돼!"

내 등 견갑골 바깥쪽에 찌릿찌릿하게 침을 놓고 나서, 언제나처럼 휴대전화로 통화를 한다. 한 주의 일이 일단락되는 금요일 저녁에 침을 맞으러 갔더니, 기숙사에 머무는 원장님 아들이 일주일간의 수업을 마치고 학원에 가는 도중 엄마에게 전화를 한 것이다. 지금은 아들이 고등학생이지만, 중학생일 때 원장님은 아침에 아들의 점심 도시락을 싸고 병원 점심시간을 이용해 아들이 학원에서 먹을 도시락까지 싸줬을 정도로, 아이들의 식생활을 철저하게 관리해줬다고 한다.

"우리 몸은 우리가 먹는 음식에서 영양소를 얻잖아요. 요리는 건강을 유지하기 위해 먹는 약이에요."

과연 한의사다운 사고방식이다.

'원장님은 바쁘시니까 집에서 요리하실 때는 한국 음식 반찬만 만드시겠지⋯⋯?'

멋대로 이렇게 짐작하고는 내가 쓴 책을 선물해드렸다. 어느 날 원장님이 침을 놓다가 그 책을 다 읽었다고 말했다.

"재밌었어요. 참, 책에 나오는 햄버그스테이크요, 저도 옛날에는 애들한테 자주 만들어줬어요."

내 배에 첫 번째 침을 놓으며 원장님이 말했다.

"아, 그래요? 제 레시피랑 같은 거요?"

이렇게 물어보고 싶었지만 침에 찔린 순간 말을 하면 배 근육이 딱딱해져 더 아파오니 묻지 못했다.

"따끔하시죠? 애들한테 채소 좀 먹이려고, 브로콜리랑 파프리카 같은 채소를 이것저것 다져서 고기랑 같이 섞어서 만들었어요."

이번에는 다음 침을 놓기 전에 황급히 말했다.

"아, 그렇지만 너무 많은 재료를 섞으면 햄버그스테이크가 아니에요."

"그건 그렇지만요, 자, 힘 빼세요. 그래도 애들한테 채소를 먹이는 게 더 중요하니까요. 내년에 딸이 대학 들어가면 지훈이 엄마 레시피대로 본격적인 햄버그스테이크를 만들어봐야겠어요."

원장님도 맛있는 음식을 만드는 것 자체에는 매우 흥미가 있다고 한다. 바빠서 자주 만들어보지는 못하지만. 언젠가는 원장님이 손수 만든 요리를 먹어보고 싶다. 햄버그스테이크를 만들면 꼭 초대해달라고 미리 부탁해볼까. 그리고 기회가 되면 원장님과 공동으로 요리 책을 만들고 싶다. 침을 놓으며 내 귀에 속삭여준 건강 요리들을 더 맛있게 만들 방법을 같이 연구하면서.

한의사와 요리사

채식주의자는 될 수 없어

털썩!

요리 교실에는 개성 넘치는 다양한 사람들이 오는데, 현정도 그중 한 사람이다. 그녀는 과자 만들기를 좋아하며 중학교에서 과자 만들기 수업을 진행하고 있을 정도로 실력도 꽤 훌륭하다. 과자 만들기가 특기인 만큼 부엌일에도 익숙해서, 수업 중에도 척척 도와주곤 한다. 가끔씩 "어제 구웠어요"라며 당근 케이크나 머핀을 가져오는데, 무척 맛있어서 그녀 앞에서 과자 만드는 수업을 할 때는 조금 긴장된다. 피자 도우를 반죽할 때는 식은땀마저 났다.

　현정은 자칭 채식주의자다. 채식주의자는 요리 교실에 참가하면 안 된다는 법은 딱히 없지만, 그녀가 참석하는 수업의 레시피는 고민되는 것이 사실이다.

　"신경 쓰지 마세요. 남편 반찬으로 주면 되니까요."

　현정은 이렇게 말해준다. 하지만 수업료와 재료비를 똑같이 냈는데 비싼 육류는 먹어보지도 못하니, 미안한 마음이 든다. '고기가 채소보다 비싸니까 먹지 않으면 손해'라는 식으로 그녀가 생각하는 건 아니지만, 고기를 좋아하는 나는 '고기는 채소보다 비싸다'는 꽤 주관적인 관점으로 메뉴를 구성하고 있어서 늘 현정이 마음에 걸린다. 나 혼자서만 끙끙 앓는 것인지도 모르겠지만.

'채식주의자'라고 말하는 사람들 가운데에는 여러 유형이 있다. 육류를 먹기는 하지만 그다지 좋아하지는 않는 사람, 생선이나 채소가 훨씬 맛있다고 생각하는 사람, 원래는 육류를 좋아하지만 동물 학대에 관한 책을 읽고 그날부터 고기를 끊겠다고 단언하고는 몇 달 뒤 또다시 육류를 먹는 사람, 스테이크나 차슈 같은 고깃덩어리는 먹지 않지만, 고기 육수로 만든 요리는 먹는 사람, 육수를 포함해 고기가 든 것은 일절 입에 대지 않는 사람, 육류와 어패류는 안 먹지만 달걀과 유제품은 먹는 사람, 또 달걀만 먹거나 유제품만 먹는 사람, 그리고 채소, 콩 등 곡류만 먹는 사람. 이들은 모두 지금까지 나와 함께 밥을 먹은 다양한 채식주의자들이다.

'채식주의자'의 정의를 찾아보았다. 세상에서 가장 역사가 오래된 채식주의자 협회인 '영국 채식인 협회'에서 내린 정의는 다음과 같다.

"채식주의자는 닭, 칠면조, 오리 등의 가금류, 사냥으로 얻은 고기, 어류, 조개류, 갑각류, 도살된 동물의 고기를 재료로 한 가공품 등 모든 고기류를 먹지 않는 사람이다."

이 규정에 따르면 현정은 채식주의자가 아니다. 왜냐하면 육류 이외의 음식은 맛있게 먹기 때문이다. 새우와 바지락이 듬뿍 든 파에야도, 달걀을 잔뜩 넣어 만든 토르티야도, 일본식 생선 조림도 정말 맛있게 깨끗이 먹는다.

국제 채식주의자 연합에 따르면, 채식주의자들 가운데 가장 많은 수를 차지하는 락토 오보 베지테리언lacto-ovo-vegetarian은 식물성 식품 외에 달걀과 유제품도 먹는다. 락토 베지테리언은 달걀은 안 먹지만 유제품은 먹는다. 오보 베지테리언은 유제품은 안 먹지만 달걀은 먹는다. 비건vegan은 윤리적, 환경적인 이유로 유제품과 벌꿀 등을 포함한 동물성 식품을 일절 먹지 않으며, 가죽과 울 제품 등 식용이 아닌 동물 소재도 사용하지 않는 사람들을 일컫는 말이다. 이밖에도 종교적 이유나 개인의 신념에 따라 채식주의자는 다양하게 분류된다.

단순히 가리는 음식의 종류만이 아니라 가리는 이유까지 생각한다는 점은, 나에게도 발상의 전환으로 다가왔다. 힌두교, 불교 같은 종교적 이유뿐 아니라 동물 애호나 환경문제, 건강 등 저마다의 숭고한 목적으로 채식을 실천하고 있을 사람들을 생각하니, 지금까지 한 번도 채식주의자가 되려 한 적이 없었던 나는 존경심이 일었다. 자신의 굳은 신념을 지키며 사는 것은 멋진 일이다. 나처럼 마음 가는 대로 사는 사람이 보기엔 너무 힘든 삶의 방식이지만.

"나는 마블링이 환상적인 꽃등심이 정말 좋아! 그래도 소주에는 삼겹살이 최고지!"

왠지 이런 말을 비건 앞에서 늘어놓으면 경멸의 눈초리를 받거나 한바탕 훈계를 들을 것만 같다. 속으로 괜히 움츠러들기도 한다. 하지만 사실, 내가 만난 비건들은 채식주의자가 아닌 나를 비난하지 않았다. 각자의 생각, 삶의 방식이 다르다는 것을 인정할 줄 아는 사람들이었다.

내가 만난 비건 중 한 사람은 호주인 영어 교사 미셸이다. 묘한 인연으로 만나 일본어를 가르치게 되었다. 일본어 수업 때 그녀의 가족사진을 본 적이 있는데, 부모님이 바닷가 집에서 셰퍼드를 기르며 사는 등 내가 상상한 호주 사람 그 자체였다. 미셸은 어릴 적부터 비건이었지만 몸매는 약간 통통했다. 매우 온화한 성격으로 이삼 년 후에는 일본에서 영어를 가르치는 캐나다인 남자 친구와 결혼할 예정이라며 행복해했다. 일본어 수업이 끝나면 보통 차를 마셨는데, 어느 날 처음으로 미셸과 일반 한국 음식점에서 밥을 먹게 되었다.

"저는 채식주의자라서요, 선생님만 드세요."

음식이 나오자 미셸이 더듬더듬 일본어로 말했다.

"응? 미셸은?"

"저는 이거 먹으면 돼요."

조너선 사프란 포어의
'동물을 먹는다는 것에 대하여'를   읽고 난 후,

그래!
결심했어!
이제, 고기
끊었다!

진짜?

고기 냄새만 나도
먹고 싶어하는 1人

남편이 없었으면
안 먹었을지도 모를 1人

그 후 일주일.

왜 이리
힘이 없고
온몸이 후들
거리지?
아픈가 봐~

푸하하!
고기 먹으면
나을 병!

흑흑 …
고기 안 먹는 사람은
대체 무슨 힘으로
살아가는 걸까…

털썩!

그녀는 가방 속에서 비행기 기내식으로 비빔밥을 먹을 때 나오는 고추장처럼 생긴 튜브를 꺼냈다. 튜브를 짜니 흑갈색 페이스트가 나왔다. 미셸은 그것을 흑미 넣어 지은 밥에 섞기 시작했다. 나는 그런 생소한 광경에 깜짝 놀라 젓가락을 내려놓았다.

"미셸, 대체 그건 뭐야?"

"아, 이거 모르세요? 베지마이트^{Vegemite}예요. 전 채식주의자라서 한국에서는 밖에서 밥을 먹을 때 늘 곤란하거든요. 고기나 건어물로 육수를 내기도 하고, 여러 반찬에도 고기랑 생선이 들어 있으니까요. 그래서 항상 이걸 들고 다니면서 밥에 섞거나 빵에 발라 먹어요."

미셸은 공손한 일본어로 설명을 끝내고는, 맛있다는 듯이 밥을 한입 먹었다.

"건어물 말고 다시마로 육수 내는 국도 있고, 김치도 있잖아?"

"그래도요, 너무 맵기도 하고, 멸치 액젓 같은 것도 들어 있으니까요."

"아, 그렇구나. 그러면 빵, 밥을 직접 만들어 먹거나 생채소, 생과일을 먹는 수밖에 없겠네. 진짜 힘들겠다."

호주를 대표하는 식품 중 하나인 베지마이트는 효모 추출물과 채소 즙, 소금 등을 원료로 하는데 엿기름 추출물도 들어 있다. 티아민, 리보플래빈, 나이아신, 엽산 등 비타민 B군이 풍부하게 함유되어 있다고 한다. 미셸에게 조금 얻어먹어 보았는데, 처음 경험하는 맛이었다. 내가 채식주의자가 되기는 힘들겠구나, 하는 생각이 드는 맛.

미셸과는 그 후로도 일본어 수업을 계속 진행했는데, 어느 날 우리 집 저녁 식사에 초대한 이후로 연락이 뚝 끊겼다. 그때 메뉴는 그녀를 위한 채소 파스타였다. 그로부터 삼 년이 흐른 뒤에야 도쿄에서 남자 친구와 무사히 결혼했다는 그녀의 메일을 받았다. 아마 일본이나 호주, 캐나다에서 비건 생활을 계속하고 있겠지.

오래전 우리 집에서 함께 저녁 식사를 한 인도인 쿠말 씨도 비건이었다. 쿠말 씨는 남편이 예전에 근무했던 인도계 IT기업 사원이었다. 그날 초대된 사람은 쿠말 씨와 미국인 한 사람이었는데, 남편으로부터 상황을 전해들은 순간부터 나는 며칠 내내 '대체 어떤 요리를 준비한담?' 하며 고민에 빠져 있었다. 결국 비건 인도인과 고기를 매우 좋아하는 미국인을 위해 누구나 먹을 수 있는 파스타 샐러드와 통일성 없는 메뉴를 대접했던 기억이 희미하게 난다. 하지만 내가 깜박하고 샐러드에 넣어버린 베이컨을 열심히 빼던 쿠말 씨의 모습만은 아직도 생생하다. 성실한 채식주의자였던 쿠말 씨는 과묵하고 온화한 사람이기도 했다.

작년에 스페인 바르셀로나에 갔을 때다. 시장 정육점에 갔더니 양 머리, 가죽을 깨끗하게 벗긴 토끼 허벅살 등 각종 동물의 각종 부위들이 진열대를 빼곡 채우고 있었다. 조금 끔찍하다는 생각이 들었지만, 곧바로 '어떻게 요리하면 맛있을까?'라는 즐거운 상상에 빠져버렸다.

두툼한 설로인 스테이크, 바삭하게 구워진 로스트 치킨, 씹으면 씹을수록 육즙이 가득 나오는 로스트비프, 두툼한 참치 뱃살, 레몬 즙을 흠뻑 뿌려 후루룩 먹는 생굴……. 상상만으로도 군침이 꿀꺽 넘어간다. 역시 나는 채식주의자는 될 수 없다.

떠난 친구를 그리며

육개장은 내가 좋아하는 한국 요리 중 하나다. 시어머니표 경상도 육개장은 소고기, 도라지, 고사리, 숙주나물, 대파 등 건더기가 국물보다 훨씬 많은데 정말 맛있다. 하지만 처음부터 좋아했던 건 아니다. 신혼 초에는 시어머니의 육개장을 맛있게 떠먹는 남편이나, 육개장을 무척 좋아하는 시동생을 이해할 수 없었다.

"육개장은 국물이 맛있는데, 이건 건더기뿐이잖아!"

몰래 남편에게 이렇게 말한 적도 있다. 그랬던 육개장이 나도 모르게 좋아졌다. 신기한 일이다.

아이들이 아직 어려 매운 음식을 잘 먹지 못했을 때는, 가끔씩 시어머니께서 끓여주실 때만 육개장을 먹었다. 그런데 몇 년 전부터 두 아들이 할머니 육개장이 먹고 싶다고 조르기 시작했다. 시댁이 서울이기는 하지만 거리가 가깝지는 않은 터라, 무거운 육개장 냄비를 들고 자주 왔다 갔다 하는 게 보통 일이 아니었다. 게다가 한창 잘 먹을 나이의 아들이 둘이나 있으니 시어머니께만 의지할 수 없는 일이었다.

그래서 용기를 내어 육개장을 직접 만들어보기로 했다. 먼저, 십수 년 전 궁중음식연구원에서 배운 육개장 레시피를 찾아냈다. 그리고 질 좋은 소고기 양지머리로 육수를 낸 다음, 도라지, 고사리, 숙주나물, 대파를 차례로 정성껏 다듬어 양념을 만들고 육수를 끓여냈다. 두 시간 후 육개장이 완성되었다. 시어머니의 육개장보다 건더기가 적은 히데코표 육개장이었다.

"내가 만든 육개장도 꽤 먹을 만하네!"

조미료가 한 숟갈도 들어가지 않은, 소금만으로 간을 한 나의 육개장은 양념 맛이 강한 시어머니표 육개장에 비해 확실히 어딘가 부족한 맛이다. 태생이 일본인인 내 입맛으로 간을 보며 시행착오를 거쳐 만든 된장찌개나 김치찌개도 마찬가지겠지. 하지만 평소에는 도라지나 고사리 나물에 손도 안 대는 아이들이 히데코표 육개장에 들어간 나물은 깨끗이 먹어치웠다. 그래서 아이들에게 채소를 먹이기 위해서라도 히데코표 육개장을 한 달에 한 번은 끓여 식탁에 올렸다.

그런데 최근, 육개장을 잘 먹지 못하게 되었다. 육개장을 먹을 때마다 목구멍으로 무언가 치밀어오르는 듯한 느낌이 든다. 아이들에게 만들어주는 일조차 힘들다.

장마가 끝나갈 무렵, 친구의 장례식을 치렀다. 마치 친구의 마지막을 아쉬워하듯 퍼붓는 장대비 속에서. 이십 년 가까이 살아온 한국에서 경험하는 세 번째 장례식이었다. 연락을 받고, 그날 요리 수업을 마친 후 나는 평소에는 거의 입지 않는 까만 여름

떠난 친구를 그리며

원피스로 갈아입고 집 근처 장례식장으로 향했다.

하늘나라로 간 친구는 니시나 씨다. 이제 중학생이 된 외동아들을 낳자마자 유방암이 발견되었는데 몇 년 전 암이 재발해 뇌까지 전이됐고, 결국 마흔둘 젊은 나이에 세상을 떠났다.

니시나 씨와는 한국에서 살아가는 일본인 엄마라는 동질감 때문에 아이들이 초등학생일 무렵에는 자주 만나서 아이들과 함께 어울리곤 했다. 그러나 니시나 씨와 나는 단순히 아이들로 이어진 친한 학부모 관계만은 아니었다. 그녀는, 내가 1990년대 한국에 와서 한국어를 처음 배웠을 때 만난 몇 안 되는 일본인 친구 중 하나다. 도쿄에 있는 대학 조선어학과에서 교환학생으로 서울에 온 니시나 씨는 총명하고 착실한 사람이었다. 나처럼 발길 닿는 대로 이 나라 저 나라를 떠도는 사람과는 닮은 구석이 없었지만, 서로 다른 면에 끌렸고 의지하기도 했다. 학업을 마친 후 니시나 씨는 도쿄로 돌아갔고, 나는 서울에서 취직을 했다. 그 후 서로 연락이 끊겼는데 학부모 모임에서 재회한 것이다.

니시나 씨와 만나면 언제나 한국에서의 고생담을 나누느라 이야기꽃이 피었다.

"서울 생활 파이팅!"

헤어질 때는 이렇게 서로 격려하기도 했다.

그러나 아이들이 커가고 각자의 생활이 점점 자리잡아가자 우

리 관계도 다시 멀어졌다. 가끔 용건이 있어서 통화할 때에도 언제 한번 만나자는 말은 했지만, 실행에 옮긴 적은 없었다. 그러지 말았어야 했다. 만날 수 있을 때 만날걸. 함께 먹을 수 있을 때, 니시나 씨와 맛있는 음식을 잔뜩 먹어둘걸.

니시나 씨의 장례식에 가자, 낯선 한국에서 결혼해 아이를 기르고 있는 일본인 엄마들이 모두 모여 있었다. 몇 년 만에 장례식장에서 재회한 그들과 니시나 씨를 그리워하며 미지근한 육개장을 먹었다. 니시나 씨가 건강했을 무렵, 다 함께 "맛있다!" 감탄해가며 마신 캔 맥주도 장례식장에서 마시니 김이 빠져서 아무

떠난 친구를 그리며

맛도 느낄 수 없었다.

니시나 씨 부모님도 도쿄에서 달려왔다. 마침 저녁 식사 시간 이었기에, 전날부터 뒤치다꺼리를 도와주던 지인 몇 명이 매운 육개장을 못 먹는 니시나 씨 부모님을 위해 담백한 일본풍 도시 락을 집에서 만들어왔다. 달착지근한 일본풍 유부 초밥, 김초밥, 톳 조림, 검은깨 무침 그리고 육개장 대신 보온병에 넣어 온 미소 시루. 니시나 씨 어머니는 식탁에 앉자마자 그때까지 멀리 떨어 져 앉아 있던 한국인 사위와 손자를 불렀다.

"이리 와서 같이 먹자."

모두 함께 보온병의 미소시루를 육개장용 플라스틱 그릇에 따 라 붓고, 원래는 보쌈이나 떡을 놓는 작은 접시에 김초밥과 톳 조림을 놓았다. 그때까지 일본인인 우리 앞에서 슬픈 기색을 애 써 참고 있느라 긴장한 듯한 니시나 씨의 남편과 아들의 표정이 미소시루 앞에서 조금 부드러워진 것 같았다. 하지만 미소시루 한 모금이 일본인 엄마, 일본인 아내를 떠오르게 했던 것일까. 두 사람은 갑자기 풀 죽은 표정으로 고개를 숙이며, 허둥지둥 젓가 락을 놓고 자리를 떴다. 니시나 씨의 아들은 빨개진 얼굴로 필사 적으로 울음을 참고 있었다. 나는 그 모습을 보며 식어빠져 붉은 기름이 둥둥 떠 있는 육개장을 먹었다. 그 후로는 육개장을 볼 때마다 니시나 씨 아들의 얼굴이 함께 떠오른다. 니시나 씨는 방

사선치료를 받으면서도 매일같이 운전해서 집에서 한 시간도 넘게 걸리는 초등학교까지 아들을 바래다주었다.

아이들이 육개장이 먹고 싶다고 하는 통에, 나는 소고기로 육수를 내고 도라지, 고사리, 숙주를 씻고 대파를 채썰고 양념을 만든다. 하늘나라에 있는 니시나 씨를 그리워하면서. 올봄 중학생이 된 그녀의 아들도 영양과 애정이 가득 담긴 엄마표 요리가 필요할 텐데……. 소고기에서 나오는 기름을 걷어내다가 이런 생각에 슬픔이 복받쳤다. 대파를 채썰다가 눈물이 주르륵 흘러서 엉엉 울며 육개장을 만들었다. 눈물 때문인지 히데코표 육개장 맛이 평소보다 더 짜고 진한 것 같았다.

니시나 씨 아들도 하늘나라로 떠난 엄마를 떠올리면서 엄마의 맛을 그리워하겠지. 이런 생각을 하니 또다시 눈물이 차오른다.

떠난 친구를 그리며

맛에 대한 복잡한 마음

음~ 그리운 고기 냄새~!

서른 살 무렵, 나는 이른바 '건강에 안 좋은' 음식을 좋아해서 자주 먹었다. 어렸을 때부터 좋아한 두꺼운 스테이크, 한국에서 처음 알게 된 감동적인 삼겹살 구이, 한입 먹자마자 펄쩍 뛸 정도로 매워서 다 먹으면 위에서 장까지 빨간 양념이 들러붙은 기분이 들지만 금세 다시 먹고 싶어지는 무교동 낙지볶음, 버터와 마요네즈를 잔뜩 바른 샌드위치, 생크림이 듬뿍 들어간 케이크와 티라미수…….

와인의 세계에도 본격적으로 발을 내디뎠다. 사실 발을 내디뎠다기보다, '빠졌다'고 하는 편이 정확할 것이다. 남편의 월급날이나 내 번역료가 들어오는 날이 되면 세계 각지의 레드 와인을 최상급부터 최하급까지 사서 마셔댔다. 정말 와인 독에 빠져 살았다. 마시기만 하고 와인에 대해 아는 게 없어서, 책을 사 와 남편과 공부도 했다.

그러나 마흔이 되고부터는 그렇게 좋아했던 스테이크도, 주말마다 먹고 싶어졌던 삼겹살도, 맵디매워서 물을 벌컥벌컥 마시면서도 먹었던 낙지볶음도, 티라미수나 생크림을 가득 얹은 쇼트케이크도, 에멘탈 치즈와 그뤼예르 치즈에 화이트 와인과 브랜

디를 넣고 졸인 치즈 퐁뒤도 예전만큼 먹고 싶다는 생각이 들지 않는다. 꿀꺽꿀꺽 잘도 마셨던 향이 강한 레드 와인도 이제는 한 잔으로 충분하다.

삼십 대 때는, 아이들을 데리고 일본 친정에 가면 엄마가 마블링이 꽃처럼 피어 있는 소고기 스테이크, 스키야키, 새우 튀김, 돈까스, 데미그라스 소스를 듬뿍 뿌린 햄버그스테이크를 언제나 준비해주셨다. 저녁 식사 때는 참치 회, 드레싱을 듬뿍 뿌린 샐러드가 어김없이 나왔다.

"엄마는 두부, 시금치, 청경채 무침, 낫토, 말린 전갱이, 된장국, 밥, 채소 절임이면 충분해. 평소에는 조림이나 샐러드를 가끔 만들어 먹는 정도야. 소고기, 돼지고기나 회는 거의 안 먹어."

우리에게 차려주신 고단백, 고지방 상차림에 드문드문 젓가락을 대며 엄마가 말했다. 삼십 대의 나는 그런 엄마의 입맛을 이해할 수 없었다.

'어릴 때부터 위장이 약해서 기름진 음식을 잘 못 드셨으니까 어쩔 수 없지. 아무리 그래도, 그런 기름기도 없는 음식이 뭐가 맛있다고 매일 질리지도 않고 드실까.'

딸은 이렇게 생각했다. 나는 날두부나 물두부, 시금치 나물, 말린 전갱이, 청경채 무침 같은 담백한 일식이 먹고 싶었던 적이 거의 없었다. 그런 음식보다 아버지가 구워주시는 최상급 소고기 스테이크나 연어가 듬뿍 들어간 샐러드, 참치 회나 방어회가 더 좋았고, 국수나 우동도 튀김이나 오리고기가 들어가 기름이 둥둥 떠 있는 것이 맛있었다. 친정에서 기름진 음식을 잔뜩 먹고도, 이 주 만에 돌아온 서울에서의 첫 저녁 식사는 역시 삼겹살. 그 무렵에는 일본으로 출발하기 직전 점심 식사로 삼겹살을 먹고, 머리카락과 옷에서 삼겹살 냄새를 풀풀 풍기며 도쿄행 비행기를 탈 정도였다. 하지만 마흔이 되자 나도 모르는 사이에 입맛에 커다란 변화가 생겼다.

요리 수업이 한창 진행되는 중에 한 사십 대 학생이 배추, 샐러드용 채소, 오이, 무 등 날것으로도 먹는 채소를 씻고 썰면서 이렇게 말했다.

"왠지 요즘은 배추를 깨끗이 씻어서 쌈장도 안 찍고 그냥 먹는 게 맛있어요."

그러면서 그녀는 그날 요리 재료인 배추를 손으로 집어 아그작아그작 소리를 내며 먹었다. 요즘은 나도 그 학생의 입맛과 기분을 알 것 같다. "입맛이 변했다"라고 말씀하셨던 부모님처럼 나도 나이를 먹어가는 것이겠지. 평소에 화장을 잘 하지 않는 나는, 상당히 깊은 주름이 미간이나 입가에 잡혀도, 원래 점이 많은 피부에 기미나 주근깨가 생겨도 그다지 신경 쓰지 않는다. 예전에는 이틀 정도 밤을 새워도 일상생활에 지장이 없었지만, 최근에는 밤을 새우지 못할 정도로 체력이 떨어졌다. 이 역시 심각하게 받아들이지 않았다. 하지만 저녁 식사 준비를 하면서 도마 위의 양배추와 배추를 끄트머리부터 입에 집어넣으며 "맛있다!" 하고 덥석덥석 집어먹는 내 모습에 불안을 느끼기 시작했다.

나는 좋아하는 음식이란 어떤 의미로는 그 사람 자신과도 같다고 생각한다. 그래서 내 입맛이 변했다는 사실에 처음에는 마치 자아가 붕괴된 것 같은 공포감을 느꼈다. 그러나 좀 더 생각해보니, 마블링이 환상적인 소고기나 튀김이 싫어지고 대신 두부가 좋아지는 식으로 입맛이 변한 것이 아니라, 소고기도 두부도 함께 좋아지는 식으로 입맛이 변했음을 알게 되었다. 그러니 내 식생활의 세계가 더 넓어진 셈이다.

음식 재료 자체의 맛을 원하게 된 요즘, 가끔 떠올리는 맛이 있다. 엄마가 어린 남동생과 나에게 "간식이야" 하며 주셨던 껍질만 벗긴 당근과 오이의 맛이다. 어린 내 입맛에도 달게 느껴져서 더 먹고 싶어했던 기억이 난다. 혀가 그 맛을 여전히 기억하고 있었던 것이다. 나이를 먹어가면서 입맛이 변했다고 생각했지만, 어린 시절의 입맛은 변하지 않았다. 어쩌면 그 시절의 입맛이 돌아온 것인지도 모른다.

두 아들이 유치원에도 다니기도 전, 일본에 계신 친정엄마가 자주 전화로 잔소리를 하셨다.

"어릴 때부터 자극이 강한 매운 음식을 먹으면 안 돼."

엄마 말씀대로 큰아이에게는 김치를 비롯한 '조금이라도 매운 한국 음식'을 전혀 먹이지 않았고, 이유식 때도 소금, 설탕, 간장, 된장, 꿀, 버터 같은 자극 없는 조미료로 맛을 낸 요리만 만들어 주었다. 그러나 작은아이는 형이 좋아했던 음식을 전혀 먹지 않았다. 생각다 못해, 주변 한국 엄마들이 빨간 김치를 물에 씻어 밥반찬과 함께 먹이는 것을 보고는 작은아이에게 똑같이 먹였다.

한국에 산 지 십 년 정도 되었을 때다. 이 무렵 아이의 미각에 대한 내 생각이 크게 흔들리기 시작했다. 한창 아이들을 키우느라 정신없었던 나는 내 입맛보다도 두 아이의 입맛을 바르게 형

성하기 위해 노력했지만 일본의 맛과 한국의 맛 사이에서 언제나 방황하곤 했다. 유치원에서 급식을 먹기 시작하자 작은아이는 점점 더 자극이 강한, 매운 반찬을 좋아하게 되었다. 지금도 그 입맛은 변하지 않았다.

스키야키는 일본의 대표 요리 중 하나로, 얇게 썬 소고기와 채소, 두부, 곤약 등을 바닥이 얇은 냄비에서 굽거나 끓여 먹는 냄비 요리다. 일본요리에 빠지지 않고 등장하는 간장, 청주, 미림, 설탕, 육수가 미묘한 조화를 이루며 맛을 낸다. 스키야키 냄비 속 고기와 채소를 풀어놓은 날계란에 찍어가며 먹으면 맛을 한층 더 끌어올릴 수 있다. 바빠서 아이들이 좋아하는 반찬을 제대로 만들어주지 못하는 날이 계속되면, 육질이 좋은 한우를 사서 미안한 마음을 담아 실력을 발휘해 스키야키를 만든다. 그러나 작은아들은 이때도 반드시 김치를 냉장고에서 꺼내 온다.

"아, 느끼해."

작은아들은 달착지근한 스키야키 소고기와 채소를 한입 먹은 후 반드시 김치를 먹는다. 날계란 대신 김치로 스키야키를 먹는 것이다. 늘 보는 모습이긴 하지만 아이가 스키야키와 김치를 함께 먹는 모습을 보면 한국 국적을 가진 일본인 엄마는 자아가 붕괴되는 것 같은 느낌을 받는다.

'일식이나 양식의 다양한 맛을 좀 더 경험하게 해줄걸……'

이런 후회를 하게 된다.

이십 년 전부터 '미각 기르기'를 국가 차원에서 실시하고 있는 프랑스는, 세 살부터 열두 살까지의 경험이 평생의 입맛을 결정한다는 전제로 전국 초등학생들에게 '미각 수업'을 하고 있다. 이 수업의 핵심은 '단맛, 짠맛, 쓴맛, 신맛의 네 가지 맛을 가르치는 일'이라고 한다. '매운맛'은 거기에 포함되지 않는다. 한국에서 산 뒤로, 나는 인간의 미각은 '매운맛'을 일단 느끼는 순간 나머지 네 가지 맛을 모두 잃어버린다는 사실을 깨달았다.

한 신문에서 "최근 한국 젊은이들은 스트레스 해소를 위해 몹시 매운 요리를 먹는 경우가 많다"라는 내용의 기사를 본 적이 있다. 그 기사를 읽고 나서, 요리 수업에서 짠맛과 신맛이 강한 담백한 스페인 요리를 만들었는데 이십 대 후반의 한 학생이 그 요리를 맛있게 시식하고 있었다.

"매운맛이 전혀 없는데, 입맛에 맞아요?"

"네. 정말 맛있어요."

"어떤 학생들은 김치를 달라고 하기도 하던데. 매운 음식을 별로 안 좋아하나 봐요?"

"그렇게 좋아하는 편은 아니지만 저도 가끔 스트레스가 쌓이면 엄청 매운 요리를 잔뜩 먹을 때가 있어요. 주변 친구들도 그렇고요."

그렇구나. 나도 스트레스가 쌓이면 술을 마시고 야단법석을 떨고 싶어진다. 하지만 진짜 매운 음식을 먹어 스트레스를 푼다는 감각은 잘 이해되지 않는다. 사실 한국은 매운 음식의 역사가 백오십 년 정도로 생각보다 짧다. 궁중음식연구원에서 옛 문헌을 참고해 몇몇 요리를 만들었을 때도 매운 요리는 없었다. 현대 한국 음식 레시피 가운데서도 매운 요리는 육개장이나 빨간 고추를 넣은 된장찌개, 어리굴젓과 김치 정도밖에는 기억나지 않는다.

미각이 다 형성된 후 한국에서 살게 된 나는 매운맛의 한국 요리보다 갈비찜이나 신선로, 나물, 전 같이 담백한 한국 요리들

맛보다 이야기

이 더 좋다. 매운맛 외에 다른 여러 가지 맛을 느낄 수 있기 때문이다. 비빔밥만 하더라도, 작은아들처럼 고추장을 듬뿍 넣어 먹는 것보다 시아버지께 배운 대로 참기름, 조선간장만 넣어 비비는 쪽이 더 맛있다.

그러나 요리 수업 후 반드시 학생들과 함께 시식을 하는 나는, 담백한 스페인 요리나 일본요리 수업이 몇 차례 계속되면 왠지 오차즈케와 우메보시가 아닌 따뜻한 밥에 김치와 된장찌개가 참을 수 없이 먹고 싶어진다. 그래서 요리 교실이 바빠지면, 가족과 먹는 아침 식사나 저녁 식사는 전형적인 한국의 상차림으로 한다. 이십 년 가까이 한국에서 살아온 탓일까? 매운맛의 힘에 당해낼 것은 없다.

최근 '내 입맛이 변했다'고 생각한 이후 새삼 사람의 미각에 대해 여러 가지로 생각하게 되었다. 미각의 중요성을 예전보다 절실히 느끼고 있다. 나이 들수록 변해가는 입맛에 불안해지는 것은 사실이다. 도마 위에 썰어놓은 제철 채소를 집어먹으며 맛있다고 느끼면서도, 가끔씩은 삼겹살이나 육질 좋은 한우, 고르곤졸라 치즈 파스타가 먹고 싶어진다. 긴 한국 생활로 짠맛에 길든 내 미각을 인정하는 한편, 짠 음식을 찾는 아이들의 미각을 걱정한다. 마음이 복잡하다.

올바른 식습관을 기르려면 먼저 맛을 느끼는 힘이 있어야 한다. 맛을 느끼는 힘을 기르면, 당연히 식문화나 영양에 대한 관심도 깊어진다. 어른이 된 뒤에는 미각을 통해 그 사람이 무엇을 주로 먹고 어떤 환경에서 자랐는지도 엿볼 수 있게 된다. 어떻게 좀 더 다양한 사람들에게 여러 가지 맛을 전할까. 또 이렇게, 나의 고민은 시작된다.

맛보다 이야기

천직과 프로

'밥 짓기는 귀찮고, 매일 시켜 먹는 중국집도 질리고……. 적당한 가격으로 밖에서 사 먹고 싶다.'

이런 생각이 들 때는 종종 집 근처에 있는 월선옥이라는 식당에 찾아가곤 했다. 추어탕과 국밥을 파는 맛있는 식당이었다. 그런데 어느 날, 월선옥이 문을 닫았다. 언제나 지나치는 장소라서, 리모델링 공사 중인 그곳을 볼 때마다 어떤 가게가 새로 생길까 궁금해하곤 했다. 아무래도 연희동에 카페가 또 하나 문을 여는 것 같았다. 최근 몇 년간 이 동네에는 카페가 우후죽순으로 늘어나고 있다. 예전에 식당 주방이 있던 위치에는 나무 카운터가 설치되었고, 대형 커피 로스터와 커피 메이커 등이 차례차례 가게 안에 놓였다. 왠지 모르게 프로의 냄새가 났다.

'분명 바리스타가 있는 카페가 생기겠지. 우리 집 근처에서도 맛있는 커피를 마실 수 있겠구나.'

혼자서 괜히 들뜨기도 했다.

공사가 끝나고 그 카페에는 '프라시아'라는 간판이 내걸렸다. 규모가 작은 카페여서일까? 개업은 매일 지나친 나조차 눈치채지 못하는 사이에 이루어졌다. 하지만 왠지 썰렁한 느낌이 들어,

커피 한 잔 마시러 들어가기가 망설여졌다.

"참, 선생님 댁 근처에 제대로 된 커피를 만드는 카페가 생겼어
요. 알고 계셨어요?"

어느 날 동네에 사는 요리 교실 학생이 이렇게 물어왔다.

"아, 그 카페요. 만날 그 앞을 지나가는데, 왠지 들어가기 좀
그렇더라고요. 아직 커피 맛도 못 봤는데. 커피 어때요?"

가게 주인인 바리스타 청년이 내리는 드립 커피가 매우 맛있
다는 평을 들을 수 있었다. 나는 커피를 마시면서 원고를 쓰려고
노트북과 사전 등을 바리바리 싸들고서 프라시아로 향했다.

'커피 한 잔 마시려는 준비치고는 너무 호들갑스러운가?'

이런 생각도 스쳤다. 하지만 집이 직장인 나는 집 근처에 있는
카페에서 커피를 마시기가 왠지 아깝다는 느낌이 든다. 어차피
마실 거라면 집에서 멀리 떨어진, 낯선 곳에서 맛있는 커피를 마
시고 싶다. 그래서 그날도 프라시아에 그냥 가기가 아쉬워 원고
라도 써야겠다고 생각한 것이다.

"저, 드립 커피 한 잔 주세요."

"네, 알겠습니다. 오늘은 에티오피아와 인도네시아 원두가 있
는데, 어느 걸로 하시겠어요?"

'음, 인도네시아 커피는 진했던 것 같은데……. 아, 어쩌지?'

바리스타 청년은 나에게서 눈을 떼지 않고 계속 주문을 기다

리고 있다. 드립 커피용 원두 종류가 적힌 메뉴가 괜히 낯설게 느껴져 더 당황스러웠다. 커피 한 잔 주문하는 데 이렇게 긴장하다니.

"커피의 신맛이 싫으시면, 인도네시아의 토라자가 좋습니다."

나의 속마음을 읽은 것처럼 청년이 말했다.

나는 고등학생 때부터 아버지가 진하게 내려주시는 드립 커피에 우유와 생크림, 설탕을 듬뿍 넣어 먹었다. 콜롬비아, 모카, 과테말라, 자바, 코나, 블루마운틴 등 아무리 고급 원두로 내린 커피라 해도 그렇게 마시면 돼지 목에 진주 목걸이다. 우유와 설탕을 아주 조금만 넣으면 쓴맛과 신맛이 중화되어 원두 저마다의 특징을 혀와 목 언저리에서 느낄 수 있다. 하지만 우유, 생크림, 설탕을 듬뿍 넣어버리는 나를 보고 엄마는 항상 "그렇게 마시다니 진짜 커피 맛을 모른다"고 놀리곤 하셨다.

"그럼 인도네시아 원두로 만들어주세요."

주문한 다음 자리에 앉으려 하자 청년이 다시 묻는다.

"손님, 십 분 정도 걸리는데 괜찮으세요?"

그때 느꼈다. 내가 지금껏 만난 바리스타 청년들과 그가 조금 다르다는 것을. 어쩐지 커피에 대한 진지한 마음이 느껴졌다.

가게 내부를 자세히 둘러보니, 커피 로스터가 두 대나 있었고 손님을 위한 자리보다 커피를 만들기 위한 작업 공간이 더 넓었

맛보다 이야기

다. 게다가 이 청년은 요식업에 종사하는 사람의 필수 조건인 청결함과 기민함도 갖추고 있었다. 일반적인 의미의 카페라기보다는 수제 로스팅 커피 전문점이라고 부르는 편이 더 어울리는 곳이었다. 주문한 커피가 나오기까지 십 분 동안, 들고 온 노트북을 가방에서 꺼내며 여러 생각을 했다. 그렇다. 프라시아 청년에게는 커피에 대한 자부심과 신념이 느껴진다.

청년이 내온 드립 커피를 한 모금 마셔보았다.

'와, 커피 잔이 뜨겁네!'

고급 호텔이나 이름이 알려진 카페들 중에도 커피 잔의 온도까지 신경 쓰는 곳은 거의 없다. 스테이크 접시가 차가우면 모처럼의 고급 스테이크가 맛없어지는 것과 마찬가지로, 잔이 제대로 데워져 있지 않으면 커피는 빨리 식어버린다.

그날 나는 그의 자부심을 생각해서 우유와 설탕을 달라는 말도 하지 못하고 블랙 커피를 마셨다. 그 커피에는 우유와 설탕 대신 청년의 신념이 들어가 있었다. 결코 잘난 체하지 않는 그 신념 덕분에 인도네시아 커피를 맛있게 마실 수 있었다.

며칠 뒤, 프라시아 커피를 칭찬했던 학생에게 바리스타 청년 이야기를 했다.

"그렇다니까요. 저도 그랬어요. 한번은 커피를 사 들고 왔는데요, 다음 날 가게에 갔더니 '손님, 전에 드린 커피는 아무리 생각해도 만족스러운 맛이 안 나서 후회했습니다. 오늘은 지난번 커피 값을 빼고 계산해드릴게요. 죄송합니다' 이러시더라고요. 정작 저는 커피를 마시면서 맛이 없다거나 평소와 다르다고 못 느꼈거든요. 환불 안 해주셔도 괜찮다고 했는데도, 절대 안 된다고 막무가내였어요. 그분 같은 프로 의식을 가진 사람은 참 드물죠."

역시 그렇구나. 나는 프라시아 청년이 일을 대하는 자세가 무척 마음에 들어서, 부지런히 노트북을 짊어지고 프라시아에 발도장을 찍게 되었다. 그전까지는 카페에서 원고를 잘 쓰지 못했는데, 요리 수업 짬짬이 프라시아에 가면 내 직업의 의미까지 함께 되새기게 되어 좋았다.

천직이라는 단어가 있다. 사전적 정의로는 '하늘이 내린 직업, 그 사람의 천성에 가장 어울리는 직업'이다. 하지만 이 설명만으로는 뭔가 부족하다. 누군가의 기쁨을 위해 한다고 생각할 수 있는 일, 죽을 정도로 괴로워도 행복을 느낄 수 있는 일이 바로 천직 아닐까? 그리고 천직을 찾았다면 노력한 만큼의 대가를 얻는 것도, 그 일로 '성공'하겠다는 목표를 가지는 것도 중요하겠지.

요리가 천직인 사람은 어떤 사람들일까. 일흔여섯 살까지 현역 요리사로 주방에 섰던 아버지와 요리 선생님을 직업으로 삼고 있는 나 자신을 돌이켜보았다. 타고난 미각이나 요리에 대한

감각, 기술도 요리사의 중요한 조건이긴 하지만 그런 요소들은 배우고 연습하면서 몸에 익힐 수 있다. 그러나 세상의 모든 일에 호기심을 가지는 사람, 음식을 통해 사람, 땅, 역사, 문화까지 몸 안으로 흡수해 느끼는 사람은 흔치 않다. 이런 사람, 그리고 이런 가치관으로 요리를 만들어 그 느낌을 타인에게 전하고자 하는 사람이라면 요리를 천직으로 삼을 수 있지 않을까.

어느 날 신문에서 힐튼 호텔 총주방장 박효남 셰프의 인터뷰 기사를 읽었다. 그는 십 대에 요리의 길에 입문하여, 요리의 세계에서 삼십 년 이상 세월을 보냈다.

"나는 아마추어가 아닙니다. 프로입니다."

이렇게 단언하는 그는 자신의 직업에 자부심을 가지고 업적을 남기는 사람이 성공하는 것은 당연하다고도 말한다. 일이 힘들다고 해도, 피할 수 없다면 즐기라는 충고도 잊지 않았다. 험난한 인생이라도 끌려가며 사는 게 아니라 이끌어가겠다는 마음가짐으로 죽기 살기로 노력하며 산다면 훨씬 보람 있고 즐거울 거라고 말하는 박효남 셰프.

"학력보다 더 중요한 게 자신의 심지라고 생각해요. 목표가 뚜렷하고 열심히 노력하면 안 될 일이 없지요."

아버지도 박효남 셰프와 마찬가지로 열일곱 살 때 일본의 프랑스 요리 세계에 입문하여, 딱 육십 년 뒤 은퇴했다. 박효남 셰프는 인터뷰 중 '삼십 년 됐으니 지금부터 시작'이라고 했는데, 아버지의 경우로 미루어보면 그 말은 진심일 것이다. 아버지는 요리사가 천직인 프로 중의 프로였다. 박효남 셰프와 달리 성공과 인연이 있는 사람은 아니었지만. 내가 어렸을 때부터 곁에서 지켜봐온 아버지는 아무리 힘든 시기에도, 아무리 어려운 일을 할 때에도 언제나 즐거워 보였다.

요리의 세계뿐만 아니라 다양한 세계에 그 분야의 프로가 있다. 그 일이 천직이라고 믿고 일하는 많은 사람들. 자신의 '천성에 가장 잘 어울리는 직업'과 오랜 세월 축적한 지식과 경험이 잘 연결되는 사람은 행복할 것이다. 나도 요리가 천직이라고 믿고 싶다. 요즘은 스무 살 때부터 요리의 길에 들어섰다면 더 좋았을 텐데, 하고 새삼스럽게 후회를 하곤 한다. 굽이굽이 멀리도 돌아왔다는 후회. 하지만 그럴 때마다 스스로에게 이렇게 속삭인다.

'괜찮아. 그 경험도 지금 하는 일에 어딘가 도움이 되고 있으니까.'

단순히 요리가 좋아서 요리를 천직으로 삼고 싶은 것은 아니다. 나의 요리를 통해 사람과 사람이 인연을 맺고 그 인연이 점점 넓어지고 깊어지는 모습, 나의 요리를 먹고 배운 사람들이 그 안에서 삶의 기쁨과 보람을 새로 발견하는 모습을 볼 때마다 요리인으로서 긍지를 느낀다. 프라시아 청년도 바리스타로서 긍지를 가지고 있을 것이다. 그에게 대놓고 물어보지는 못했지만, 그가 내리는 드립 커피의 맛, 그가 카운터 안쪽에서 원두를 손으로 한 알 한 알 선별하고 있는 모습만 봐도 느낄 수 있다. 아직 젊은 그가 '천직'이 무엇인지 생각해본 적이 있는지는 잘 모르겠지만, 아마도 '누군가의 기쁨을 위해 일한다'는 마음은 어렴풋이 느끼

천직과 프로

고 있지 않을까.

최근 일본 친정에 갔을 때의 일이다.

"히데코는 아버지에 비하면 세미프로네."

엄마가 이렇게 말씀하셨다. 칭찬인지 욕인지 모를 표현이었다. 확실히 요리의 세계에서 박효남 셰프나 아버지같이 '죽기 살기로' 노력하고 있지는 않다. 칭찬으로 받아들이고, 마음을 가다듬었다. 지금 나는 마음속 깊은 곳에 진정한 요리인이 되고 싶다는 바람을 품고 살고 있고, 죽기 전 꼭 이렇게 말해보고 싶다.

"나는 요리가 천직이에요, 아마추어도 세미프로도 아닌 프로니까요."

그렇다, 인생은 길다.

맛보다 이야기